Michael Buschow

Alarm in Hooksiel

Kriminalroman

Wiesenburg Verlag

Bibliographische Information der Deutschen Nationalbibliothek:

Die Deutsche Nationalbibliothek verzeichnet diese Publikation
in der Deutschen Nationalbibliographie;
detaillierte bibliographische Daten sind im Internet
über http://dnb.d-nb.de abrufbar.

1. Auflage 2017
Wiesenburg Verlag
Postfach 4410 · 97412 Schweinfurt
www.wiesenburgverlag.de

Frontbild by Gilla Schmitz

Umschlaggestaltung und Layout:
Media-Print-Service Luff · 97456 Dittelbrunn

ISBN 978-3-95632-611-0

Dies ist ein Kriminalroman!

Lebende oder bereits verstorbene Personen sind,
wenn nicht anders vermerkt, frei erfunden.

Ebenso ist die Handlung
bis auf die realen geschichtlichen Hintergründe
frei erfunden.

Sollte dennoch jemand glauben sich wiederzuerkennen,
ist das purer Zufall und nicht gewollt.

Fühlt sich jemand auf den Schwanz getreten,
bitte ich hiermit schon mal vorsorglich
um Entschuldigung.

Alle Fehler und Irrungen in diesem Buch
gehen auf mein Konto.

Mehr geht nicht!

Graue Zeiten

Der erste Tag im November des Jahres 1918 war trist, kalt und verregnet.
Vier lange Jahre hatte der Weltkrieg bisher gedauert.
In der dunstigen Ferne, von Land aus nur schemenhaft zu erahnen, lagen bei Schillig Reede im Eingang des Jadebusens die Schlachtkreuzer, Panzerschiffe und Zerstörer, die riesigen grauen Stahlkolosse der Hochseeflotte des Admiral Hipper, schon seit langem untätig vor Anker.
Unzufriedenheit, Hunger und Langeweile hatten die Mannschaften zermürbt doch dann geisterte ein Gerücht durch die Decks – und es war in der Tat nur ein Gerücht - die Deutsche Flotte sollte zu einem letzten, entscheidenden Gefecht gegen die übermächtige Royal Navy in die Nordsee auslaufen und wenn es dann sein mußte, mit wehender Flagge aber wenigstens ehrenvoll untergehen.
Zu solch einem sinnlosen Opfergang waren die Heizer, Kanoniere und einfachen Matrosen nicht willens und Teile der Hochseeflotte meuterten und verweigertem dem Kaiser, ihrem obersten Kriegsherren und seinen Offizieren den Gehorsam.
Seit Tagen bereits zogen teilweise bewaffnete, mit roten Armbinden versehene Matrosen gemeinsam mit den Arbeitern der Werften und Fabriken in langen Demon-

strationszügen durch die Straßen der Garnison Wilhelmshaven.
In den Industrieanlagen war die Arbeit niedergelegt und der Generalstreik ausgerufen worden!
Mit hetzerischen Parolen wie „Nieder mit dem Kaiser, nieder mit der Bourgeoise – alle Macht dem Volke“ - heizten radikale Agitatoren die labile Stimmung weiter an.
Und große Teile der Bevölkerung waren willens dem zu folgen.
Es war jetzt nur noch eine Frage der Zeit, wann die alte Ordnung zusammenbrechen mußte.
Das Deutsche Kaiserreich begann sich aufzulösen!

In den Abendstunden dieses frühwinterlichen Tages hätte ein zufälliger Betrachter ungewöhnliche Geschäftigkeit auf einigen der Großkampfschiffe beobachten können.
Aber da draußen weitab vom Land gab es keinen zufälligen Betrachter.
Gegen dreiundzwanzig Uhr stieß eine mit drei Männern besetzte Motorpinasse vom am weitesten östlich gelegenen Ankerlieger, dem gewaltigen Linienschiff S.M.S „Friedrich der Große“ ab, steuerte zuerst einen west-nord-westlichen Kurs auf das Wangerooger Fahrwasser zu, änderte ihn aber gegen Mitternacht plötzlich auf Süd-Süd-West.
Dann hatte die Nacht das kleine Boot verschluckt.

99 Jahre später

Schrader war nach dem langen Segeltörn von Hamburg über Cuxhaven und Helgoland zur Jade zwar mordsmäßig erschöpft, aber auch stolz, es ganz alleine geschafft zu haben.
Jedenfalls schon mal bis hierher.
Der Zwischenstop auf Helgoland hatte sich jedoch als eine herbe Enttäuschung herausgestellt.
Die Rote Insel, der noch vor Jahren bei den Tagestouristen der Bäderschiffe so beliebte zollfreie Fuselfelsen hatte sein Image radikal geändert.
Jedoch leider nicht zu seinem Besten.
Die Insel war in ein tristes Gewerbegebiet auf hoher See verwandelt worden.
Mit modernen Lagerhallen der Offshore Industrie hatte man in jüngster Vergangenheit das Unterland zugepflastert. Große Teile des nun einbetonierten Hafens waren von Crew-Tendern, schnellen Doppelrumpfbooten, die das Wartungspersonal und Baumaterial zu den weit draußen in der Nordsee liegenden Windparks transportierten belegt und alles drehte sich ausschließlich um Energiegewinnung aus Wind.
Der alte Reim: Grün ist das Land, rot ist die Kant, weiß ist der Strand – das sind die Farben von Helgoland“, begann zur folkloristischen Parodie zu verkommen.
Schrader war daher froh nach einer sehr unruhigen

Nacht, die er als äußerstes Boot im hin und her schwoienden Sechserpäckchen des Helgoländer Yachthafens verbracht hatte, wieder auf freier See zu sein.
Das sonnige Juni-Hoch in der Deutschen Bucht war seit Tagen stabil geblieben und es herrschte bestes Segelwetter mit Wind um 5 aus nordwestlicher Richtung.
Schrader saß ganz achtern und hatte sich die Pinne unter den Arm geklemmt, um die Hände für seine Kaffeetasse und ein belegtes Brot frei zu haben.
Dabei peilte er immer mal wieder zu seinem Flögel, dem kleinen roten Windanzeiger im Top des Mastes hinauf und stellte zufrieden fest, daß Wind und Kurs in Ordnung waren.
Nur hin und wieder mußte er durch Fieren oder Durchholen der Schoten die Segelstellung leicht verändern.
Für einen seglerischen Anfänger wie er es einer war lief es ausgezeichnet.
Zumindest bei solch einem schönen Wetter.
Eine Zeitlang tummelten sich sogar verspielte Schweinswale dicht neben seinem Boot. Wann konnte man schon mal live solch ein Naturschauspiel beobachten?
An Backbord passierte er den weit draußen, immer noch wie ein schwarz-weiß-rot angemalter Zinnsoldat einsam und verlassen auf Wacht stehenden Rote-Sand Leuchtturm, an dem schon von Weitem lange braune Rostnasen erkennbar waren.
Der Zahn der Zeit nagte neben Salz und Wasser

unbarmherzig an seiner eisernen Substanz.
Vor Jahrzehnten bedeutete er das letzte Zeichen der alten Heimat für die Menschen auf den Auswandererschiffen, die ihr Glück in Amerika oder Übersee suchten aber auch das erste für die heimkehrenden Seeleute. Hatten sie den Roten-Sand passiert, waren sie bald wieder bei Muttern in Bremerhaven.
Schraders träumerische Ruhe wurde plötzlich durch sich schnell nähernden Motorenlärm gestört.
Von achtern kamen zwei moderne, langgestreckte Speedboote auf, die sich anscheinend ein Rennen lieferten.
Beide rasten nebeneinander her genau auf ihn zu.
Das war gewollter Kollisionskurs!
Nur eine Kabellänge hinter seinem Heck drehten sie im letzten Augenblick hart ab und liefen links und rechts dicht an seinem Boot vorbei. In ihren Cockpits konnte Schrader die Herrn „Kapitäne“ dieser Boliden erkennen. Die winkten ihm im Vorbeirauschen lachend mit Bierflaschen zu und einer hielt sogar einen Tampen hoch was soviel wie – soll ich dich abschleppen du lahme Ente – bedeuten sollte.
Die arroganten Angeber ballerten mit mindestens zwanzig Knoten vorbei, schätzte er.
Nachdem sie ihn mit rauschender Bugwelle überholt und ihr schwachsinniges Rennen fortgesetzt hatten, geriet seine „Udel“ in den aufgeworfenen Heckseen der beiden dann auch noch äußerst unangenehm ins

Schlingern, sodaß unter Deck alles was nicht niet und nagelfest verstaut gewesen war, quer durch die Kajüte flog.

Aber genau das war ja auch der eigentliche Sinn dieser unsportlichen Aktion gewesen.

Später sichtete Schrader von weitem auf Außenweser Reede mindestens zwanzig Frachtschiffe aus aller Welt die auf Abruf wartend, in der Nähe des orangeroten, großen und modernen Lotsenkatamarans vor Anker lagen.

Auffällig rund um die Ankerlieger war allerdings auch die Zunahme von herumschwimmendem Müll. Leere Pappkartons, einzelne Schuhe, Schutzhelme, Plastiktüten und Kunststoffflaschen aller Art verteilten sich auf der Wasseroberfläche.

Die Seeleute warfen einfach ihren Dreck über die Kante!

Schrader mogelte sich östlich von den Schiffen und hinter einem aus Bremerhaven kommenden riesigen OOCL-Containerfrachter durch, um in die Jade einzulaufen.

In Sichtweite des alten Wangerooger Leuchtturmes war er sogar für kurze Zeit versucht gewesen, durch das Seegat und die Blaue Balje in das Wattfahrwasser zwischen Insel und dem unbewohnten Sandhaufen Minsener Oog zu laufen, um sich dort mit seiner flachgehenden Zeeschouw in der Nähe des zerfallenen ehemaligen Ostanlegers eine Nacht vor Anker zu legen.

Aber diesen schwachsinnigen Einfall verwarf der Skipper schnell, denn er hatte keinerlei Erfahrung mit den Prielen und Watten. Außerdem kenterte die Tide gerade und die Ebbe setzte ein.
Ab jetzt begann eine mächtige Strömung gegen ihn zu laufen.
Nun musste er sich beeilen.
Dazu startete er den 27 PS starken Motor, setzte am Mast den umgedrehten Kegel als Tagessichtzeichen für ein gleichzeitig unter Maschine und Segeln laufendes Fahrzeug und gab Gas. Seine Logge zeigte jedoch gegen den Ebbstrom nur magere drei Knoten Fahrt an!
Weit hinten in Richtung Wilhelmshaven konnte er nach zwei Stunden bereits die rot-weißen Containerbrücken des neuen Jade-Weser-Ports erkennen.
Fast alle waren hochgeklappt, also lag wieder mal nur höchstens ein Schiff da.
Schrader ging es einfach nicht in den Kopf, warum hier diese erstklassige Möglichkeit des Containerumschlages von den Reedereien nicht voll ausgeschöpft wurde.
Weshalb in aller Welt blieben die Hamburger so stur und wollten statt dessen die Elbe immer weiter ausbaggern lassen, nur damit die vierhundert Meter langen Schiffsriesen mit ihrem gigantischen Tiefgang in der Hansestadt ausgeladen wurden?
Es stand doch schon lange fest, daß das dauerhaft gar nicht funktionieren konnte und ein unkalkulierbares

Risiko für die Umwelt und die Verkehrssicherheit auf dem Fluß bedeutete.
Gerade vorletzten Winter, er war extra mit dem Wagen hingefahren um sich selbst ein Bild zu machen, war einer der Containerriesen wegen Ruderversagens auf einer Sandbank bei Lühe im Alten Land aufgelaufen und mußte mit gigantischem technischem Aufwand abgeborgen werden.
Wobei man damals auch noch einen ungeheuren Dusel gehabt hatte, denn wäre das Schiff auf der Elbe quergeschlagen und möglicherweise auseinandergebrochen – kaum auszudenken! Kein Schiff hätte die Elbe für Monate passieren können.
Aber die teure und riskante Träumerei des Hamburger Senates hatte das alles nicht beeinflussen können. Die Herren im Rathaus waren sachlichen Gegenargumenten schlicht nicht zugänglich. Besonders der Wirtschaftssenator malte die Zukunft nach einer weiteren Elbvertiefung immer noch in rosaroten Farben und kehrte auf Hanseatische Art die Probleme einfach unter den Tisch.
Der Skipper wischte die Gedanken beiseite. Für ihn gab es nun wirklich wichtigeres.
Noch auf der Jade fast schon querab der weit hinausragenden Ölpier drehte er bei, nahm sein rotes Gaffelsegel herunter, barg die Fock und kurbelte das Seitenschwert an der Leeseite hoch.
Alles funktionierte reibungslos.

Fast hätte er beim Eindrehen ins Hooksieler Fahrwasser dann doch noch die kleine grüne Tonne übersehen, die man laut Handbuch unbedingt an steuerbord liegen lassen mußte, weil man ansonsten die ungemütliche Bekanntschaft mit einer Sandbank gemacht hätte.
„Nur jetzt nicht noch einen Fehler machen", warnte er sich selbst und passierte die Molenköpfe des Vorhafens. Dort an der linken Seite der Pier lag der hochseetüchtige Seenotrettungskreuzer der Deutschen Gesellschaft zur Rettung Schiffbrüchiger „Vormann Steffens", dessen Besatzung an Deck die Sonne genoss und dem Treiben im Hafen zuschaute.
Die Jungs waren jedoch jederzeit bereit, innerhalb weniger Minuten zu einem Einsatz auszulaufen.
Ein wirklich beruhigendes Gefühl für jeden Seemann!
Schrader kurvte noch um ein kleines Fahrgastschiff herum und band, nachdem er Fender ausgebracht hatte, sein Boot an einem im Vorhafen liegenden großen holländischen Kutter fest, um auf die Öffnung der Schleuse ins Hooksmeer zu warten.
Ihm fiel siedendheiß ein, daß er ja die Flagge N, die blau-weiß gewürfelte hätte setzen müssen um dem Schleusenwärter anzuzeigen, daß er einschleusen wollte.
Aber der aufmerksame junge Mann auf dem Betonturm hatte ihn bereits gesehen, die Klappbrücke hob sich und die Tore schwangen auf. Dann schaltete die Ampel zur Einfahrt auf grün.

Die wenigen Minuten Wartezeit während des Schleusungsvorganges mußte Schrader sich beeilen um oben im Büro die Gebühr zu bezahlen, hastete danach wieder die Treppen hinunter als sich die Tore binnenwärts bereits öffneten und den Blick in die Welt des Hooksmeeres freigaben.
Der Polizeibeamte im Ruhestand legte ab, tuckerte los und passierte zuerst ein Restaurant, das wie eine an Land vergessene Kommandobrücke eines Ozeanriesen aussah und als er freies Wasser erreicht hatte, eine kleine Werft die an seiner Steuerbordseite auftauchte.
Das Meer entpuppte sich als künstlicher Binnensee der in den siebziger Jahren durch die Vorverlegung der Deichline entstanden war. Früher hatte der kleine Hafenort Hooksiel fast direkt am Meer respektive dem weiten Jadebusen gelegen.
Die Kapitäne mußten damals von See kommend nur dem sich schlängelnden Prickenweg nach Westen folgen und erreichten, natürlich abhängig von den Gezeiten bald den Hafen.
Ganz so einfach schien die Ansteuerung seinerzeit jedoch auch nicht gewesen zu sein, denn es gab damals sogar eine kleine Lotsenstation im Ort.
Jetzt befand sich der alte Hafen über vier Kilometer weit im Binnenland.
Das alles hatte Schrader im Segelhandbuch „Nordseeküste – Cuxhaven bis Den Helder“ und in einem anti-

quarisch beschafften Werk über die Geschichte Frieslands gelesen.
Immer und immer wieder, denn seine Vorbereitung auf diesen Segeltörn war äußerst gründlich, bedeutete doch diese Reise den endgültigen Ausstieg aus einem Leben, das er zumindest wie es in den letzten Jahren gelaufen war, ziemlich zum Kotzen gefunden hatte.
Das hatte natürlich Gründe.
Er war jetzt Ende fünfzig, gesundheitlich ging es so la la wie es eben einem fast Sechzigjährigen mit all den für das Alter normalen Zipperlein so geht.
Man war nun mal keine zwanzig mehr und die Zäune der Jugend zum Überspringen viel zu hoch geworden.
Schwerwiegender wog aber die Tatsache, daß ihm sein ganzes bisheriges Leben um die Ohren geflogen war, als vor zwei Jahren seiner Frau nach über einem Vierteljahrhundert Ehe einfiel sich einen neuen Partner zu suchen.
Und ausgerechnet der war auch noch älter als er selbst.
Bei einem jüngeren hätte er es vielleicht noch verstanden – aber so?
Sicher – der Bursche sollte ein toller Hecht sein, Filialleiter einer Sparkasse, Banker wie Carola es maliziös nannte, besaß eine elegante Ferienwohnung an der Ostsee in Timmendorfer Strand und fuhr einen sportlichen Audi TT.
Bestimmt war der Kerl auch Golfer oder ein Ass auf dem Tennisplatz.

Da konnte Schrader mit seinem wenig üppigen Beamtengehalt nicht mithalten, dachte aber auch nie im Traum daran, daß soziale Sicherheit, ein abgezahltes Einfamilienhaus, ein solider Mittelklassewagen und der jährliche Sommerurlaub zu wenig sein könnten. Er war immer davon ausgegangen, daß beide Ehepartner einigermaßen zufrieden mit ihrem Leben gewesen waren, wenn auch kinderlos. Vielleicht war das ein Manko.
Schraders Frau hatte ihrem Mann die Trennungsabsicht kurz und emotionslos beim Abendessen eröffnet.
Fast wie nebenher und ohne Vorwarnung, so wie man leichthin sagt „morgen gehe ich zum Friseur“.
Erstaunlicherweise hatte ihn diese Nachricht nicht umgehauen oder schockiert.
Seine eigene Gelassenheit verblüffte ihn selbst.
Er hatte einfach regungslos am Tisch gesessen und seine Antwort war: „Wenn du meinst Carola“.
Sie war irritiert aufgestanden, hatte das Geschirr zusammengeräumt und nur gesagt: „Jetzt wirst du sarkastisch“.
Mehr fiel ihr nicht ein.
Das war´s dann.
Natürlich hatte er schon lange bemerkt, daß ihre Ehe langsam aber stetig im Sinkflug begriffen war. Carola lebte ihr Leben, er das seine. Man hatte sich arrangiert.
Aber prickelnd war das schon lange nicht mehr.
Konnte es sein, daß er selbst längst auch unzufrieden mit dieser Art lahm vor sich hin plätschernder Bezie-

hung war und insgeheim auf eine neue Herausforderung wartete, das aber nie von selbst zugegeben hätte?
Schrader schüttelte erneut die albernen Gedanken ab und konzentrierte sich wieder auf sein Boot.
Das motorte langsam und willig an den Fahrwassertonnen entlang immer tiefer in den See hinein. Hier drinnen war es nach dem Gebrause auf der Nordsee auffällig still, wie als wenn jemand beim Fernseher den Ton auf ganz leise gestellt hatte und so ein fast lautloser Naturstummfilm ablief.
Das gesamte Gewässer war von hohen Bäumen, in der Regel Pappeln umgeben, die in den letzten vierzig Jahren auf dem aufgespülten Neuland zu enormer Größe hochgewachsen waren.
Vögel zwitscherten, Enten quakten und ein Kormoran tauchte unablässig auf der Jagd nach kleinen, silbrig glänzenden Fischen. Linkerhand lagen in einer Bucht ein paar Boote vor Anker von wo aus vergnügtes Lachen der Badenden an Schraders Ohr drang und gegenüber auf einer Wasserskianlage zeigten kleine Arnold Schwarzeneggers den jungen Mädels ihre sportlichen Künste.
Eine wahre Urlaubsidylle.
Er überholte zwei Stand-Up Paddler auf ihren breiten Brettern. Das nun war nichts für ihn. Ein Wasserfahrzeug mußte nach seiner Vorstellung mit Koje und Kochmöglichkeit ausgestattet sein. Einfach nur rumstehen und paddeln ging gar nicht.

Wo blieb denn da die maritime Gemütlichkeit?
An Steuerbord zwischen den Bäumen, Schrader glaubte so unvermittelt seinen Augen nicht trauen zu können, erschien urplötzlich aus dem Gebüsch eine junge, völlig nackte Frau und winkte ihm ungezwungen lachend zu.
„Kunststück alter Freund, hier ist Binnen FKK", dachte Schrader und hätte fast dabei die Pinne verrissen.
Dann fuhr er an mehreren Yachtclubs vorbei und auch dort, von Bord der unzähligen Yachten aus winkten die Menschen zu ihm herüber.
„Wirklich schön hier in Friesland" ging ihm es durch den Kopf.
„Warum bin ich nicht schon früher hergekommen"?
Das Hooksmeer hatte sich mittlerweile stark verengt und war nun fast nur noch ein Kanal der sich links und rechts von Altdeichen eingerahmt, durch die Wiesen mäanderte.
Dies hier war nun das ursprüngliche, hunderte von Jahren alte Fahrwasser zum Alten Hafen von Hooksiel. So stand es im Handbuch beschrieben.
Noch eine scharfe Biegung nach links, nach einer Geraden eine weite nach rechts und unvermittelt mußte er das Gas wegnehmen und aufstoppen, denn er war angekommen.
Vor ihm lag der Alte Hafen, eine Art in der Zeit steckengebliebener, nostalgischer Puppenstubenhafen, an dessen Ende das für immer geschlossene

Sieltor eine Weiterfahrt ins Hinterland versperrte.
Daneben thronte auf einem hohen Steinsockel eine altmodische Laterne, die oben auf ihrem Dach eine hübsche Wetterfahne in Form eines segelnden Fischerbootes, dem Wappen Hooksiels trug.
Rechterhand wurde die Pier von drei alten ehemaligen Packhäusern aus Backstein überragt.
Dort an der niedrigen Spundwand legte Schrader an und schaltete die Maschine aus.
Das war nun das vorläufige Ende der Reise.
Befriedigt lehnte sich der Skipper auf seiner Bank in der Plicht zurück, zündete eine Zigarette an und trank sein persönliches, in einer Eisbox gut gekühltes Einlaufbier. Die Anspannung der vielen letzten Stunden an Schoot und Pinne wich langsam und er wurde müde.
Um ihn herum war es sehr still, nur ein Kuckuck in den Bäumen machte seinem Namen kurz Ehre, was Schrader aber als sehr angenehm und natürlich empfand.
„Moin“, rief eine tiefe Stimme.
Der Skipper war gerade etwas weggeduselt und schrak auf.
Oben auf das massive Geländer der Pier gestützt, stand ein muskulöser, weißbärtiger Kerl, dem man den ehemaligen Seemann irgendwie schon von weitem ansah und peilte auf ihn und sein Boot hinunter.
Der Bursche trug eine uralte Feuerwehrjacke.
Möglicherweise war das ja der Hafenmeister oder so etwas Ähnliches. Vielleicht auch Feuerwehrmann oder beides gleichzeitig.

„Moin auch“, rief Schrader fröhlich zurück und beeilte sich noch zu erklären, daß er eben aus der Elbe und über Helgoland gekommen sei und hier einige Tage, vielleicht Wochen im Hafen bleiben wolle.
Den Kollegen schien das nicht im Geringsten zu beeindrucken, denn er gab nur ein kurzes, grummeliges „Mmm“ von sich und wies, bevor er sich zum Weggehen umwandte mit dem Wort „Strom“ auf den rechten von zwei grauen Kästen an der Mauer.
Schrader konnte eben noch das Fragment einer Art von angedeutetem Satz verstehen: „Rechter Kasten, links Schrott“, dann war der Hafenmeisterfeuerwehrmann auch schon wieder verschwunden.
Daß Friesen im Allgemeinen nicht viele Worte machen, hatte Schrader bereits irgendwo gelesen.
Und das war ja genau, was er suchte.
Sinnloses Gesabbel und endlose Diskussionen hatte er in den letzten Jahren wahrhaftig genug in den Ohren gehabt.
Langsam setzte nun die Dämmerung ein, Schrader zündete seine Petroleumlampe an und machte sich auf seinem Gaskocher eine Dose Frankfurter Würstchen heiß.
In der Ferne blökten ein paar Schafe und unzählige Mauersegler jagten mit den unglaublichsten Flugmanövern Insekten über dem Wasser.
Um sein Boot herum gluckste und gluckerte es.
Eine friedliche, maritime Welt.

Unvermittelt waren seine Erinnerungen wieder da.

Ende der siebziger Jahre hatte Schrader als junger Bengel in der Landespolizei der Freien und Hansestadt Hamburg angefangen und war den ganz normalen Ausbildungsweg eines jeden blassen Neuankömmlings gegangen.
Er lernte die Strafprozessordnung auswendig, wurde jeden Montag Nachmittag von einem zähen, sehnigen Judolehrer quer durch die Turnhalle auf die Matten geschleudert, machte die Führerscheine für Kraftfahrzeuge aller Art, sogar für Wasserwerfer und gepanzerte Einsatzfahrzeuge, übte den Umgang mit Waffen und lernte Schießen und nach vielen Monaten und viel, sehr viel weiterer Theorie war aus ihm ein Udel, ein Hamburger Polizist geworden. Wenn auch noch ein unerfahrener Grünschnabel.
Schraders Dienststelle wurde irgendwann das PK 14, das Polizeikommissariat Mitte und in dessen Umkreis spielte sich sein tägliches Leben ab.
Mal zu Fuß, mal im Peterwagen. Mal trug er einer netten Oma ihre schwere Einkaufstüte in den zweiten Stock, mal mußte er einen Verkehrsunfall aufnehmen und mal rannten er und seine Kollegen einem flüchtigen Ladendieb oder Drogendealer nach. Sehr oft wurde er auch bei Fußballspielen des HSV oder Pauli, selbstverständlich an Wochenenden eingesetzt und manchmal auch bei Demonstrationen.

Richtig spektakuläre Sachen waren ihm in seiner Dienstzeit eigentlich nie untergekommen außer vielleicht einmal, als er auf Streife plötzlich sah, wie ein fetter, reichlich angetrunkener Tourist aus Bayern in seinem Tran beim Urinieren das Gleichgewicht verloren hatte und aus drei Meter Höhe in ein Alsterfleet gestürzt war.

Schrader zögerte natürlich keinen Augenblick und jumpte in voller Montur hinterher, um den Verunglückten zu retten.

Das hätte er beinahe mit dem Leben bezahlt, denn der Trottel schlug um sich, zog ihn unter Wasser und wollte anscheinend gar nicht gerettet werden. Der war so besoffen, daß er gar nicht wußte wo er war!

Der junge Polizeibeamte mußte reichlich von der braunen Dreckbrühe schlucken bis es ihm endlich gelang, den Fettsack an die Wasseroberfläche zu bugsieren. Das auch nur, weil er ihn in höchster Not mit einem finalen Schlag mitten auf die Zwölf ausgeknockt hatte.

Länger hätte die ganze Aktion aber auch nicht mehr dauern dürfen, denn Schrader war vollkommen ausgepumpt und restlos erledigt, als er mit Hilfe seines Kollegen und zwei herbeigeeilten Passanten den schlaffen, schweren Körper des Bewußtlosen schließlich auf einen in der Nähe vorhandenen Anlegeponton gewuchtet hatte.

Dort lag dann der triefnasse Kerl wie ein gestrandeter Pottwal und schnappte japsend nach Luft.

Das war verdammt knapp gewesen!
Und dieser Blödmann hatte sich dann später auch noch beschwert, daß er von der Polizei mißhandelt und geschlagen worden sei.
Als Dank für die Rettung bekam Schrader eine hübsche Urkunde vom Innensenator und als Zugabe eine Rechnung der Verwaltung für seine verlorengegangene Dienstmütze.
Und dann war da noch der Raubüberfall eines lange gesuchten Serientäters auf einen kleinen Uhrenladen in der Schauenburgerstraße.
Aber das war eher ein Zufall gewesen.
Der Verbrecher war immer gleich vorgegangen und hatte in der Mittagszeit, wenn in der Hamburger City nicht viel los war weil sich die ganzen Angestellten aus den umliegenden Büros und Banken beim Essen befanden, kleine Läden wie Goldankäufe, Juweliere und Antiquitätenhändler ausgesucht, mit Schimaske auf dem Kopf, Knarre in der Hand die Läden gestürmt, die Verkäuferinnen erschreckt und in Windeseile zusammengerafft, was eben so rumlag. Inklusive Kassenbestand. Und weg war er wieder.
Die nicht sehr hilfreiche Fahndungsbeschreibung lautete: Räuber, männlich, schlank, Schimaske – Vorsicht bewaffnet!
Vierzehn Raubdelikte hatte der Räuber bereits auf der Uhr als der seinerzeitige Polizeimeister Stefan Schrader nebst Kollege Herbert eines Mittags auf Fußstreife

im Rathausviertel schnell ums Eck eine Curry Wurst zu sich zu nehmen wollten.
Der stets verfressene Herbert war bereits im Imbiß verschwunden, als Schrader im Vorbeigehen aus den Augenwinkeln heraus hinten in einem kleinen Antikuhrenladen die ältliche Verkäuferin mit erhobenen Händen und schreckgeweiteten Augen stehen sah. Er ging zügig weiter um vom Schaufenster weg zu kommen. Eine weitere Person im Laden hatte er allerdings nicht erkennen können. Was war das nun? Ein Überfall?
Schrader mußte handeln und zwar schnell!
Er war schließlich die Polizei!
Eng an die Hauswand gedrückt und vor Aufregung leicht zitternd nestelte er seine Dienstwaffe aus der Ledertasche heraus.
Dann stockte er.
Nein, das war der falsche Weg! Viel zu riskant.
Die „Verhältnismäßigkeit der Mittel“ war ihnen ja immer und immer wieder auf der Polizeischule eingebläut worden. Seine Pistole steckte er daher wieder ein und hakte seinen kurzen Hartgummischlagstock vom Gürtel.
„Eindeutig besser und im Mittel deutlich verhältnismäßiger“!
Just in diesem Augenblick wollte ein indianischer Folklore Musiker in Inkakluft und mit Gitarre unterm Arm an ihm vorbei. Den hielt er an, lieh sich kurzerhand

dessen Outfit, warf den bunten Poncho über die Uniform und setzte die gestrickte Wollmütze auf den Kopf. Dann nahm er den Gummiknüppel fester in die Hand, stieß die Tür auf und betrat den Laden.
Drinnen im Geschäft war es dunkel und kühl und Schrader mußte sich erst kurz an das diffuse Licht gewöhnen.
Die schluchzende, wohl unter Schock stehende Verkäuferin füllte eben am ganzen Leibe schlotternd antike Taschenuhren, goldene Uhrenketten, Anhänger und Silberschmuck in eine Tüte.
Denn tatsächlich, das war ein Überfall!
Der gesuchte Typ mit Schimaske auf der Birne stand abseits hinter einem vollen Regal – deshalb hatte Schrader ihn auch von außen nicht sehen können, hielt mit rechts seine Waffe leicht nach unten gesenkt und verstaute eben mit der linken Hand Bares in seiner Jackentasche.
„Dummkopf“, dachte der Polizist.
Der maskierte Räuber wandte sich nun Schrader zu und besah ihn sich erstaunt von oben bis unten, konnte aber anscheinend nicht so richtig wechseln, was ein Inkamusiker ausgerechnet jetzt hier wollte.
Bis er richtig begriff was abging, war es auch schon zu spät für ihn.
Schrader sagte nur: „Buenas Dias, Polizei“, zauberte wie von Geisterhand unter seinem Poncho den Knüppel hervor und hieb, wie er es weiland auf der Polizeischule

an von der Decke baumelnden Sandsäcken geübt hatte, dem überraschten Kriminellen das „verhältnismäßige Mittel“ aus Hartgummi einmal kurz auf das rechte Schlüsselbein, was die Nutzung der Schußwaffe ein für Allemal unterband.

Die Knarre fiel polternd zu Boden.

Dann nochmal ein Schlag auf den linken Oberarm kurz unterhalb der Schulter, der eine sofortige Lähmung des Flunkens hervorrief.

Der böse Bube war in die Knie gegangen und hockte vor Schmerz jammernd auf dem Boden.

Mit dem schlichten, vorschriftsmäßigen Spruch: „Polizei, ich nehme sie wegen versuchten Raubes vorläufig fest“, legte Schrader dem Mann die stählerne Acht an, dann nahm er dem Buben die Maske ab.

Große Überraschung – das war gar kein abgefuckter Junkie oder narbiger Profiverbrecher, sondern ein pickeliges Bürschchen daß, wie sich im Rahmen der Kriminalpolizeilichen Ermittlungen später herausstellte, ein Sohn aus begütertem Eppendorfer Steuerberaterhaushalt war.

Und die Knarre eine Spielzeugpistole von Karstadt aus der Mönckebergstraße.

„Sie können jetzt aufhören einzupacken gute Frau“, rief Schrader der Verkäuferin zu, die immer noch stumpf Taschenuhren und anderes Geklöter in die Tüte füllte.

„Der Spuk ist vorbei“!

Die Hamburger Zeitung titelte am nächsten Tag: „Boli-

vianischer Musiker fängt gesuchten Räuber".
„Wie blöde sind die eigentlich bei dieser Zeitung?", ging es Schrader durch den Kopf.
Seitdem wurde er von seinen Kollegen übrigens „El Poncho" genannt.
Das Leben als ganz normaler Polizist auf der Straße gestaltete sich natürlich niemals so spannend wie das der in der Öffentlichkeit so beliebten schneidigen Krimi-Ermittler im Fernsehen, die ständig coole Sprüche klopfend mit Blaulicht und Martinshorn in ihren schnellen Autos umherbretterten, die Walter PPK jederzeit griffbereit im Holster und den Ermittlungserfolg nach eineinhalb Stunden Glotze sicher in der Tasche.
Die waren nur unterhaltsame Produkte der Filmindustrie.
Schrader hatte nie einen Harry, der schon mal den Wagen holen sollte. Er selbst fuhr im Dienst einen älteren, grün-weißen VW Bulli, grün-weißer Partybus, wie man das nannte, oder saß endlose Berichte, Dienstpläne und Zeugenvernehmungen tippend vor seiner uralten, klappernden Olympia Schreibmaschine.
Später, allerdings viel später hatte er sogar einen Computer nebst dreiwöchigem Einführungslehrgang und einen gepolsterten Stuhl bekommen.
Und jeden dritten Mittwoch im Monat war Fußballtraining „Alte Herren, Bullen 2".
Nebenbei half Schrader in seiner Freizeit noch beim

Aufbau des Kriminalmuseums der Hansestadt.
Dort hatte er es mit solch hübschen Exponaten des Verbrechens wie zum Beispiel dem stark gebrauchten Fuchsschwanz des St. Pauli Prostituierten Mörders Fritz Honka, mehreren mit Blutflecken besprenkelten Backsteinen des nie aufgeklärten „Hamburger Trümmermörders" aus dem Jahre 1947 oder als Highlight dem dienstlichen, immer noch scharfgeschliffenen Handwerkszeuges des Hanseatischen Scharfrichters und vormaligen Schlachters Fock aus Altona, des im Roman von Arnold Zweig sogenannten „Beil von Wandsbek" zu tun, die nun mit Erklärungstäfelchen versehen in Vitrinen zwecks dauerhafter Ausstellung ruhten und den seltenen Besuchern einen Schauer über den Rücken jagten.
Wesentlich unspektakulärer waren geknackte Panzerschränke.
Die standen einfach nur offen stumm herum und hatten ihre beste Zeit als einmaliger nächtlicher Mittelpunkt des Interesses längst hinter sich.
Nach vielen Jahren im Dienst und unendlich vielen Lehrgängen und Fortbildungen war er schließlich zum Oberkommissar befördert worden.
Und immer wieder hatte er es Tag für Tag mit dem „ganz normalen" Wahnsinn der Menschheit zu tun.
Die Zeiten änderten sich jedoch.
Verbrechen hatte es seit eh und je gegeben, nur besaßen diese jetzt eine andere, weitaus gefährlichere Qualität.

Der „normale“ böse Bube in der Vergangenheit wußte fast immer genau, wann er verloren hatte und es gesünder für ihn war aufzugeben.
Und es war ein ungeschriebenes Gesetz, daß er niemals mit der Waffe auf Polizisten losging oder gar auf sie schoss. Das hatte etwas, so seltsam es klingen mochte, mit Achtung und Respekt zu tun, möglicherweise auch mit der Tatsache, daß der Täter ansonsten den gesamten Polizeiapparat unbarmherzig am Hals hatte.
Mitte der achtziger Jahre jedoch, erschien nach und nach eine neue Art von Kriminellen, häufig aus dem Osteuropäischen oder vorderorientalischem Raum auf der Bildfläche, für die brutale menschenverachtende Gewalt zur Durchsetzung ihrer Interessen keine Frage darstellte. Diese Klientele besaß keinerlei Respekt mehr vor der Polizei und schon gar nicht vor den Gesetzen.
Da bekamen schließlich sogar die alteingessenen, Goldkettchenbehängten Kiezgrößen Schiss und hauten ab.
Getreu dem Luden Motto: Lieber mit einer jungen, blonden Gehhilfe am Strand von Malle in der Sonne sitzen, als im schicken Cadillac-Leichenwagen auf dem Friedhof Ohlsdorf zur eigenen Beerdigung gekarrt zu werden!
Bulle sein war noch nie ein lustiges Spiel!
Das war oft gefährliche, knallharte Sozialarbeit am offenen Herzen der Gesellschaft.

Aber nun wurde es zum unkalkulierbaren Risiko für die Gesundheit und das eigene Leben der Beamten.
Allerspätestens hier, hätten die politisch Verantwortlichen Gesetzgebend eingreifen müssen!
Darüberhinaus waren nach und nach die ergrauten höheren Vorgesetzten, die alten erfahrenen Haudegen des Polizeidienstes, durch smarte Absolventen der Universitäten und Akademien ersetzt worden.
Diese neuen Damen und Herren tickten jedoch völlig anders und es wurde ein zeitgemäßer Sprachgebrauch eingeführt. Ab jetzt dominierte der schwammige Begriff „zeitnah", der alles und jedes bedeuten konnte nur nicht den eigentlichen Ausdruck, den er ersetzen sollte nämlich „schnellstens".
Unter ihrer Leitung hatte sich der Polizeiapparat „neu aufgestellt", was auf deutsch hieß: „Das Rad wurde neu erfunden".
Dienst oder Einsatzbesprechungen hatten moderne, hippe Bezeichnungen bekommen und hießen jetzt blumig „breefing" oder „meeting", Termine „dates", das Überprüfen wurde zum „checken" und Anweisungen ähnelten nun den durchaus eloquenten aber inhaltlich wenig aussagenden Sprechblasen der Politiker. Sollte wohl auch so sein. Nur nicht festlegen!
Mit solch einem Führungsstil hätte in grauer Vorzeit ein Innensenator Helmut Schmidt wohl niemals die Hamburger Flutkatastrophe von 1962 bewältigen können. Dieser Mann gab als Vorgesetzter klare Be-

fehle und stand selbst dafür gerade!
So einfach war das damals.
Aber das waren eben auch andere Zeiten.
Jetzt wurden von der politischen Ebene aus, ganz neue Schwerpunkte in der Polizeiarbeit gesetzt, nämlich Statistiken über alles und jedes, Psychologie, Haushaltseinsparung, Effizienzsteigerung und vor allem die Imagepflege und medienwirksame Darstellung bei so wichtigen, sozialkompetenten Themen wie der Verkehrsführung innerurbaner Fahrrad-Schnellstraßen oder des Neuangebotes veganer Mahlzeiten in der Kantine.
Letzter Schrei waren Bodycams die die polizeilichen Einsatzkräfte gegebenenfalls vor Gericht in die Lage versetzen sollten, die richtige Anwendung der Gesetze während ihrer dienstlichen Handlungen zu beweisen.
Anscheinend galt das Wort eines Polizisten nichts mehr!
All diese „Verbesserungen" wurden letztlich auf dem Buckel der Männer und Frauen ausgetragen, deren Aufgabe es nach wie vor war, jeden Tag für Ordnung zu sorgen.
Doch diese Ordnung durchzusetzen wurde immer schwieriger.
Hatte man beispielsweise endlich einen Täter dingfest gemacht und vor den Kadi gebracht, fanden irgendwelche Schlaubergeranwälte nebst ausgefuchsten Psychofritzen oft genug Möglichkeiten, ihre Mandanten vor der angemessenen Strafe zu bewahren, zumindest sie auf ein erträgliches Maß herunter zu diskutieren.

Oft sah man dann seine grinsende Kundschaft bereits einige Wochen nach Urteilsverkündung wieder auf der Straße und der Tanz ging von vorne los.
Und genau diese frustrierende Verschiebung von Recht und Gerechtigkeit gepaart mit einem pseudo liberal weichgespültem aber vollkommen wirklichkeitsfremden Führungsstil waren der Grund, warum Schrader schlicht und ergreifend keinen Bock mehr auf diesen Beruf hatte.
Und er war mal verdammt gerne Polizist gewesen!
Nicht lange nachdem seine Ehefrau unter Mitnahme der neuwertigeren Dinge von denen sie meinte, diese seien für ihn viel zu schade, aus dem gemeinsamen Haus ausgezogen war, klang es für Schrader fast wie eine Offenbarung, als ihm behördlicherseits mit salbungsvollen Worten der Vorruhestand nahegebracht wurde. Möglicherweise wollte man ihn auch einfach elegant loswerden. Einen unbequemen Klugscheißer konnte man wohl nicht länger gebrauchen und gute Fußballspieler bei „Polizeisport Alte Herren“ waren ebenfalls nicht mehr gefragt.
Die ihm aufgezeigte dienstliche Alternative wäre gewesen, bis zum Erreichen des normalen Pensionsalters in Kindergärten den lustigen Verkehrskasper zu geben, oder als Deeskalationstrainer die Graffitti verschmierten Gesamtschulen im Norden der Hansestadt zu beglücken.
Aber bitte in zeitgemäßem, angesagten Outfit!

Eine traumatische Horrorvision!
Alternder Polizeikasper mit Bodycam rollt auf dienstlich geliefertem Segway-Elektroscooter mit Blaulicht zu den Kitas von Steilshoop oder Wilhelmsburg.
Das schied für ihn mit absoluter Sicherheit aus.
Er akzeptierte daher das Angebot des Vorruhestandes und verzichtete sogar auf seinen Resturlaub.
Dann räumte Schrader seinen Schreibtisch, gab Waffe, Uniform und Ausweis ab, sagte zum Ausstand mit Mettbrötchen, Hamburger Rundstücken, Kaffee und Cola tschüüs zu den Kollegen in der Wache und bekam innerhalb von vier Minuten einen Blumenstrauß (!) plus Plastik-Wandwappen nebst kurzen, warmen Worten vom dynamischen stellvertretenden Polizeichef, der neu im Amt war und Schrader Schröder nannte, in die Hand gedrückt.
Ansonsten war weiter niemand gekommen. Der Personalratsvorsitzende der Polizeigewerkschaft hatte die Verabschiedung wohl verpennt.
Mit den guten Kumpels von früher verlebte der Neu-Pensionär dann „Bei Ute“ in Altona in engerem Kreise einen sehr feuchtfröhlichen Abend, an dem sie den alten Zeiten noch mal gehörig nachtrauern konnten.
„El Poncho“ war in den Ruhestand gegangen.
Schrader beauftragte am nächsten Tag umgehend einen Makler mit dem Verkauf des Hauses, setzte eine Annonce in die Zeitung „Hausstand zu verschenken“, bestellte einen großen Container und füllte ihn nach der

vorausgegangenen Verschenk Orgie mit den letzten Rudimenten aus seinem früheren Leben.
Solange bis die Hütte leer war.
Den ganzen Plunder brauchte er garantiert nicht mehr.
Jetzt erst fühlte er sich richtig frei, besser gesagt eher befreit.
Für andere Neu-Single Männer fortgeschrittenen Alters und in ähnlicher Lebenslage, war ja die Problemstellung letztlich immer die gleiche.
Was tat man nun mit dem Rest seines Lebens, solange man noch krabbeln konnte?
Jakobsweg zur Selbstfindung erwandern, bei Salsa-Tanzschule anmelden und sich zum Idioten machen, ein sauteures aber aussichtsloses Abo in einer Partnervermittlung abschließen, radikaler Imagewandel und Dauerkarte für Ü-fünfzig Singletreff im Heim der Diakonie buchen, Harley Davidson und Kutte kaufen oder sich einfach mit einer Flasche Mariacron auf eine Parkbank setzen und aufgeben?
Wie hatte Udo Jürgens einst gesungen?
„Mit sechsundsechzig Jahren, da fängt das Leben an"!
Der war ja ein echter Spassvogel, der gute alte Udo!
Schrader jedoch brauchte gar nicht zu überlegen. Sein Weg war klar vorgezeichnet.
Die Bootsführerscheine für Binnen und Buten sowie die entsprechenden Sprechfunkzeugnisse hatte er schon vor Jahrzehnten im Polizeisportverein gemacht.
Fehlte also nur noch der schwimmende Untersatz.

Einen, auf dem man unabhängig war und auch bequem leben konnte.
Er fand erstaunlich schnell das richtige.
Eine wunderschöne weiße mit siebzig Zentimeter Tiefgang flachgehende, acht Meter lange gaffelgetakelte Zeeschouw, aus Stahl in den Niederlanden erbaut, zwanzig Jahre alt und sehr gepflegt, lag direkt in seiner Nähe in Finkenwerder im Rüschkanal zum Verkauf. Mit einem etwas überzogenen Preis zwar, aber das war Schrader scheißegal.
Dieses Boot war genau das, was er brauchte um in das Ostfriesische Wattenmeer und die Kanäle vorzudringen. Nach Borkum, Norderney, Juist oder die Ems rauf und immer da wo es ihm gefiel, für eine Weile bleiben.
Karibik oder Mittelmeer interessierten ihn nicht.
Vielleicht mal nach Holland rüber.
Sicher sogar mal nach Holland rüber!
Und einen neuen Namen mußte das Schiffchen natürlich haben. Er nannte es einfach „Udel“.
D i e „Udel“, denn Schiffe und Boote sind bekanntermaßen immer weiblich.
Ganz aus seiner Haut als Ex-Bulle kam er bei dieser sehr speziellen Namensfindung wohl auch nicht heraus.
Den Verkaufserlös des Hauses teilte er mit seiner bisherigen Ehefrau, die ihn, als er ihr von seinen maritimen Plänen erzählte, für vollkommen durchgeknallt hielt.
„Das schöne Geld“, jammerte Carola.

Und das fast neue Auto bekam sie dann noch obendrauf – Seeleute brauchen schließlich kein Auto.
Dafür hatte sich der zukünftige Skipper ein solides Fahrrad zugelegt und bereits an Bord gelascht.
Er verabschiedete sich von ihr ohne einen Funken Wehmut.
„Das ist schon seltsam“, ging es ihm durch den Kopf. „Nichts bleibt von fünfundzwanzig gemeinsamen Jahren übrig, rein gar nichts“.
Der Makler hatte sich über die schnell und einfach verdiente Provision gefreut und jovial gemeint: „Wenn Schrader wieder mal was in der Art anzubieten hätte…“.
Schrader konnte nur noch verständnislos den Kopf schütteln und hätte dem geschniegelten Anzugsträger am liebsten eine rein gehauen.
Er würde nie wieder jemandem „etwas in dieser Art“ anzubieten haben!
Der frühere Oberkommissar und jetzige Schiffseigner zog mit seinen wenigen Plünnen umgehend auf dem Boot ein, übte von Finkenwerder aus unter Anleitung eines uralten, kautzigen Bootsbauers zwei Monate lang das Gaffelsegeln auf der Elbe und war dann eines schönen Junimorgens um fünf Uhr mit ablaufendem Wasser auf Nimmerwiedersehen verschwunden. Ohne sich noch einmal umzudrehen.
Hamburg und sein altes Leben lagen nun hinter ihm.

Schrader wachte am Morgen nach seiner Ankunft in Hooksiel sehr früh auf.
Die Sonne schien durch die Bullaugen herein und ihre Reflektion draußen auf der leicht bewegten Wasseroberfläche malte Lichtspiele an die Decke der kleinen Kabine. Eine Weile blieb er noch liegen um den Moment zu genießen.
Ja, es war genau so schön, wie er es sich vorgestellt hatte.
Bumm, bumm! Laut und vernehmlich klopfte jemand auf das Dach über ihm.
Schrader jumpte in Hose und Polohemd und schob die Niedergangsklappe auf.
Wer um alles in der Welt konnte das sein?
Er mußte in die Sonne blinzeln.
Auf der Pier stand der Hafenmeisterfeuerwehrmann und begrüßte Schrader wie gestern bereits mit einem einfachen „Moin".
Dann informierte er den Skipper der „Udel" kurz und bündig über die Möglichkeit der Wasserübernahme, zu der man leider einen mehrere hundert Meter langen Schlauch mit Klauenkupplung benötigte – nur, wer hatte schon solch ein Riesending an Bord?
Toilette und Dusche seien nichts Besonderes aber oben auf dem Parkplatz und dann die Treppe runter.
Schrader überlegte, ob er dem guten Mann ein Bier anbieten sollte, hielt aber halb sechs morgens dann doch für ein bißchen sehr früh. Was machte dieser

Kollege eigentlich um diese Uhrzeit am Hafen?
Er bedankte sich für die Info, setzte Kaffeewasser auf und ging während das Wasser im Kessel auf kleiner Gasflamme heiß wurde, erst einmal ausgiebig duschen. Dann schaute er sich im Hafen um.
Boote gab es nicht viele, ganz im Gegenteil zu den Yachthäfen im Hooksmeer, die er bei der Einfahrt passiert hatte.
Hier drin lagen nur zwei ältere Miniaturkrabbenkutterchen, Lüttfischer nannte man das wohl, dann ein winziges hölzernes und offenes Boot mit zwei Masten, mehr ein Spielzeugteil für kleine Kapitän Ahabs und als Highlight vorne am Hafenmund ein echter Wikingerschiffsnachbau dessen den Bug überragender Drachenkopf richtig nordisch gefährlich aussah. Eine Meisterleistung der Holzschnitzkunst.
Wer mit diesem Holschen wohl durch die Gegend ruderte?
Der Hafen wurde von drei dicht nebeneinander liegenden alten und schön sanierten Lagerhäusern aus Backstein eingerahmt, die mit der Bezeichnung „Altes Packhaus“ ein Restaurant nebst Hotel und Ferienwohnungen beherbergten.
Und der Ort selbst entpuppte sich bis auf ein paar Bausünden aus neuerer Zeit, die sich aber im Rahmen hielten, als kleines, nettes Schmuckkästchen.
Schrader schlenderte die Lange Straße, die in Wirklichkeit gar nicht so lang und innerorts zur Hälfte sogar

Fußgängerzone war hinauf und besah sich die Schaufenster der Handvoll Läden.
Hier war man eindeutig auf Tourismus eingestellt.
Moin-Moin Tassen, Moin-Moin Taschen und Moin-Moin Mützen.
Darüberhinaus die obligatorischen Leuchttürme aller Arten und Größen für den heimischen Garten oder die Fensterbank.
Und einige regionale Malerinnen stellten ihre Werke in Schaufenstern aus.
Drei Eisdielen, mehrere Fischrestaurants, Italiener, Friseur, zwei Boutiquen und ein gutbürgerliches „Alte Schneiderei" genanntes Restaurant mit Original Labskaus am Tisch und Matjesbrötchen „To GO" rundeten das Angebot im Ortskern ab.
Was Schrader am allermeißten erstaunte, war ein Sommers wie Winters geöffneter Weihnachtsladen!
An Ostereier im Januar oder Schokoladenweihnachtsmänner im Spätsommer hatte sich der Lidl oder ALDI Konsument ja bereits gewöhnt. Ein ganzjährig betriebener Weihnachtladen mutete jedoch schon sehr ungewöhnlich an! Aber die Betreiber wußten sicher, was sie taten. Alleinstellungsmerkmal nannte man das.
Entzückend anzusehen war ein filigran gestaltetes Holztürmchen, das vor Jahrhunderten ein englischer Kapitän aus Dankbarkeit für die Bootsbaukunst der Hooksieler Werft gestiftet hatte.
Das Türmchen mit Uhr saß auf einem uralten Gebäude,

ganz früher einmal das Rathaus, in dem jetzt ein Muschelmuseum den Besucher einlud, Schätze aus aller Welt zu besichtigen und zu kaufen.
Das ehemalige Feuerwehrspritzenhaus jedoch beherbergte nun keine Löschfahrzeuge mehr, sondern eine Ausstellung moderner Künstler.
Und aus einer großen Bäckerei strömte der Duft frischer Brötchen. Der Laden öffnete gerade und Schrader ließ sich ein opulentes Frühstück mit Croissants und Rührei schmecken. „Verdammt gut", meinte er zufrieden und holte noch einmal Kaffee nach.
Sein Plan war, sich heute noch ein bißchen auszuruhen, dann das Boot aufklaren und morgen mit dem Fahrrad die Gegend erkunden. Ihn trieb ja nichts, er hatte alle Zeit dieser Welt.
In einem Zeitungs und Buchladen ebenfalls in der Langen Straße, besorgte Schrader sich noch eine große Übersichtskarte der Gegend nebst Informationsbroschüre in der er las, dass Hooksiel einer von mehreren Orten der Gemeinde Wangerland mit „Regierungssitz" in Hohenkirchen war.
Horumersiel und Schillig sowie eine ganze Reihe von kleinen, weitverstreut gelegenen Dörfern wie Wiarden oder Minsen gehörten mit dazu.
Im Norden vom Wattenmeer, östlich vom Jadebusen sowie westlich von Ostfriesland, wurde das Wangerland im Süden von der Stadt Wilhelmshaven, besser durch deren riesiges Petrochemisches Industriegebiet begrenzt.

Der gesamte Landstrich lebte in früheren Zeiten vom Seehandel und Fischfang, war Hooksiel damals doch der bedeutende Umschlaghafen für die Stadt Jever.
Zu Zeiten der Napoleonischen Kriege und der Kontinentalsperre von 1806 bis 1814 blühte von hier aus der Schmuggel über See, da der ganz Europa beherrschende kleine Korse den winzigen Ort, den er einen Fliegenschiss auf der Landkarte nannte, einfach bei seiner Planung übersehen hatte.
Heutzutage gab es keinen Schmuggel mehr, zumindest nicht mehr einen solch einträglichen.
Dafür boomte der Tourismus.
Direkt gegenüber der neuen Feuerwache am Deichdurchlass war Schrader eine nette Kneipe in einem uralten, weiß getünchten Haus aufgefallen.
So eine richtig schöne gemütliche Gaststätte mit Biergarten und selbstgemachter Gulaschsuppe.
Zu seinem Erstaunen hieß dieses Etablissement nicht etwa wie sonst in Hafenorten üblich „Zum goldenen Anker“ oder „Zum Klabautermann“, sondern wesentlich harmloser „Mayas Cafe Bistro“. Da sollte er heute mal Abend auf ein Bierchen vorbei schauen.
Den Tag verbrachte Schrader wie geplant mit kleineren Aufräum und Reparaturarbeiten am Schiff. Nachmittags lief noch eine Segelyacht aus Bremerhaven ein, der er beim Anlegen half und danach mit dem Skipper ein paar belanglose Worte über Wetter und Segeln wechselte.

Und zu Schraders großem Erstaunen hatte es plötzlich angefangen im Wasser des gesamten Hafens zu blubbern. Große Luftblasen stiegen an die Oberfläche und zerplatzen dort. Das konnte sich nur um einen Taucher handeln oder die Gemeinde betrieb hier seltsamerweise einen Whirlpool, wenn auch an ungewöhnlicher Stelle.
Jedoch stellte es sich als Sauerstoffanlage heraus, die das Umkippen des Wassers im Hafen verhindern sollte, denn hier fand durch die Schließung des Siels schon lange kein Wasseraustausch mehr statt.
Die alten Sielbauer vor hunderten von Jahren wußten schon, was sie taten!
Nun mußte zusätzlich mehrmals in der Woche durch die Schleuse bei Ebbe Wasser aus dem Hooksmeer abgelassen und dann bei Flut wieder frisches aus dem Jadebusen zugeführt werden.
Eine aufwändige Angelegenheit!
Um sechs Uhr abends, Schrader wollte gerade „Mayas Cafe“ betreten, prallte er im Eingang fast mit einer dunkelhaarigen Frau zusammen, der er dann selbstverständlich Platz machte, um sie zuerst vorbei zu lassen.
Sie drehte sich im Vorbeigehen noch einmal um, blieb ihn anlächelnd kurz stehen und sagte freundlich: „Vielen Dank junger Mann“. Dann verschwand sie auf der Straße.
Schrader schaute ihr nach und betrat schließlich die Gaststätte. Dort traf er, was ihn nicht im Geringsten

überraschte, wieder den stämmigen Hafenmeister-feuerwehrmann. Der gab ihm ohne lange zu fackeln einen „alten Korn“ aus, ein seltsamerweise ungekühltes braunes Getränk das in dieser Gegend anscheinend besonders gerne genossen wurde.
Ein gruseliges Gesöff!
Dazu jedoch ein kühles friesisch-herbes Bier.
Daraus wurden auch dank des hübschen und sehr professionell arbeitenden Mädels hinter dem Tresen viele Runden.
Schrader hatte im Laufe des Abends festgestellt, daß mindestens neunzig Prozent der anwesenden männlichen und ortsansässigen Gäste irgendwann einmal bei der Marine gedient hatten. Hier stand im Grunde ein kompletter Querschnitt durch das Personal der Bundesmarine ab deren Gründung in den späten fünfziger Jahren bis in die Gegenwart.
Der heute ergraute, ehemalige Zerstörerheizer der Fletcherklasse aus der Frühzeit der Bundesrepublikanischen Marine, die Borkumer Lords der Amphibischen Truppe aus den sechziger und siebziger Jahren, „Inselhopper“ genannt, die bevorzugt in den Sommermonaten mit ihren kleinen Landungsbooten, den LCMs und LARCs gerne direkt auf die Badestrände der Ost-Friesischen Inseln kachelten, um dort den jungen Damen gewaltig zu imponieren, aber auch die jungen Jan Maaten der modernen Fregatten, Korvetten und Schnellboote tranken gemeinsam ihr Bier.

Dazwischen saß auf einem Barhocker noch ein älterer Kapitänleutnant namens Petersen, lange außer Dienst, weiland aber auf U 10 gedient, der sein Unterseeboot als Monumentalgemälde mit Periskop und vielen anderen Details zwecks dauerhafter Dokumentation für nautisch Interessierte auf seinen Arm hatte tätowieren lassen.

Und selbst die längst in Rente gegangenen Fischer standen am Tresen und klönten.

Von wegen maulfaule Friesen!

Hier wurde gereest was das Zeug hergab.

Ganz hinten in der Ecke allerdings, hockte stumm die ganze Zeit über ein seltsamer Typ und starrte in sein Bier.

„Das ist Fiete Eilers“, ließ sich Schrader von seinem Trinknachbarn erklären.

„Spricht seit zwanzig Jahren kein Wort mehr. Ist damals im Sturm mit einem Muschelkutter auf den Nordergründen gekentert und war über vierundzwanzig Stunden im umgedrehten Rumpf in völliger Dunkelheit mit seinen toten Kollegen eingeschlossen. Hat verdammt lange gedauert bis ihn Bergungstaucher durch den Schiffsboden mit dem Schweißbrenner herausgeschnitten haben. Er war der einzige Überlebende der Besatzung und seitdem redet er kein Wort mehr. Wohnt alleine in einer Bruchhütte und kann nicht mehr pennen weil er immer die ertrunkenen Kameraden vor sich sieht. Der säuft sich nur noch um den Rest seines

Verstandes, die arme Sau. Am besten einfach in Ruhe lassen“!
Schrader mußte schlucken.
Was für eine Vorstellung – mit seinen toten Kameraden eingeschlossen in einem dunklen Wrack und ohne Hoffnung, jemals wieder ans Tageslicht zu kommen.
Der blanke Horror!
Aber auch das bedeutete Seefahrt, nicht nur segeln bei Sonnenschein und lauem Lüftchen!
Er wandte sich wieder dem Leben in der Kneipe zu.
Ihm gefiel die offene, kumpelhafte Art mit der man hier miteinander, aber auch mit Fremden umging. Das erinnerte ihn sehr an frühere Zeiten.
Und alle sprachen die gleiche Sprache, die jedoch mit zunehmender Rundenzahl von Korn und Bier zugegebenermaßen etwas undeutlicher wurde.
Reichlich Touristen waren auch zugegen, die saßen jedoch eher bei Wein, Hugo, Aperol Spritz oder dem unvermeidlichen Prosecco an den Tischen herum.
Schrader vermutete, daß manche der anwesenden Damen, vorzugsweise Urlauberinnen aus Nordrhein-Westfalen, so hin und wieder einen verstohlen interessierten Blick auf den einen oder anderen schneidigen und unglaubliche Seefahrtsabenteuer zum Besten gebenden Ex-Sailor warfen. Der kritische Vergleich mit dem eigenen Angetrauten, der vielleicht gerade mit Gleichgesinnten über die Vor und Nachteile von Aufsitzrasenmähern oder die neuesten Fußballergebnisse

diskutierte, fiel dann unter Umständen etwas mager aus. Echte Abenteurer fand man eben nur auf hoher See und in Hafenkneipen, niemals aber in der Stadtverwaltung von Oer-Erkenschwick oder am Schalter der Kreissparkasse Wattenscheid!
Rundherum war es jedenfalls ein gelungener Abend!

Am nächsten Tag brummte Schrader der Schädel. Und die Sonne schien auch so furchtbar grell!
Nach drei Bechern heißen, schwarzen selbstverständlich Melittafilter gebrühten Kaffees hob er mühsam sein Fahrrad an Land und strampelte los.
Er radelte den Hafenmeisterpfad entlang an der alten Kanone von 1849 vorbei, die immer noch auf die Invasion der Königlich Dänischen Flotte wartete und dann auf dem alten Deich weiter in Richtung Außenhafen.
Kurz hinter dem Yachtclub nahe einem Restaurant das „Muschel" hieß und Seeblick hatte, mußte er eine Pause einlegen. Verdammt anstrengend war das Radeln schon und er hatte es sich wesentlich einfacher vorgestellt.
„Schieb ich halt ein bißchen", sagte er zu sich.
Hin und wieder begegnete ihm jemand, mal mit Hund, mal ohne und hier im Wangerland grüßte anscheinend jeder jeden mit „Moin".
Irgendwie mußte er zwischen den vielen Bäumen falsch abgebogen sein, denn plötzlich fand er sich vor der großen Freifläche eines Fußballplatzes wieder. Dahinter schloss sich die Umzäunung einer Tennisanlage an.

Er kniff die Augen gegen das morgendliche Sonnenlicht zusammen. Weit hinten am anderen Ende bei der großen Pappelgruppe stand ein blau-silbernes Polizeiauto neben einem gelben Bagger. Rechts davon in einiger Entfernung ein dunkelgrüner Pickup Geländewagen sowie ein rotes Feuerwehrfahrzeug und – Schrader schaute genauer hin, auch einige Menschen.

„Was geht´s mich an“ dachte er und schwang sich in den Fahrradsattel.

Beim Näherkommen erkannte er, daß mehrere Personen, davon zwei Polizisten einmal männlich, einmal weiblich, ein Baggerfahrer und ein Feuerwehrmann hinunter auf den Boden starrten. Irgendetwas Ungewöhnliches mußte dort sein.

Schraders Neugierde war nun automatisch geweckt, denn die Polizei war da! Und wo die Polizei war… .

Langsam näherte er sich der Gruppe.

Natürlich, - der Mann mit der Feuerwehrjacke aus dem Hafen befand sich schon vor Ort! Kein Wunder, denn der war, so hatte Schrader gestern Abend in der Kneipe erfahren, tatsächlich der hiesige Ortsbrandmeister. Und er hieß Dietrich.

Ein feiner, gradliniger Kerl wie Schrader festgestellt hatte und ehemaliger Hochseefischer.

Niemand beachtete jetzt den Hinzugekommenen und er schlenderte an den Ort des Geschehens.

Nur Dietrich sah kurz hoch und grüßte wie immer mit kurzen Kopfnicken und einem knappen „Moin“.

Schrader trat noch näher heran und folgte den Blicken der anderen.
Der Bagger hatte den Boden an dieser Stelle ganz nahe des Altdeiches im Quadrat von circa fünfundzwanzig mal dreissig Meter auf ungefähr zwei Meter Tiefe ausgekoffert.
Hier sollte wahrscheinlich später ein neues Gebäude oder ähnliches für den Tennisclub errichtet werden, denn man hatte neonrot markierte Pflöcke an jeder Ecke des Rechtecks in den Boden geschlagen. Auf einem Streifen von fünfzehn Metern war jedoch noch nicht die gewünschte Tiefe erreicht worden, was man an einem grünen, quer gespannten Maurerfaden erkennen konnte. Der Bagger mußte vorsichtig weiter vornehmlich Sand wegschaufeln und war in der Folge auf etwas nicht gerade Alltägliches gestoßen.
Die große, gezahnte Stahlschaufel hatte am Rand der flachen Grube eine noch wenige Zentimeter tiefer liegende, wenn auch in den Umrissen wesentlich kleinere Stelle angekratzt und teilweise freigelegt. Dabei war eine Seite der Grube zum Teil herunter gebrochen.
„Sieht ja so ähnlich aus wie ein Grab“, war Schraders erster Gedanke – und damit hatte er, wie sich herausstellen sollte den Nagel auf den Kopf getroffen!
Ein junger Polizeibeamter mit einem silbernen Sternchen auf der blauen Schulterklappe war jetzt vorsichtig in die Grube geklettert, nicht ohne sich zuvor gelbe Gummistiefel angezogen zu haben und stocherte in den

muffig riechenden Relikten vergangener Zeiten herum. Mit ihm hockte dort unten noch ein in grüne Jägerkluft gekleideter Typ der sich als Dr. Dr. Schmidt, Allgemeinmediziner aus Hooksiel entpuppte.
Der popelte mit spitzen Fingern nicht wirklich interessiert ebenfalls in den Knochenresten herum.
Dass es solche waren und auch tatsächlich menschlichen Ursprungs, hätte selbst ein Fernsehkrimi erprobter Laie oben vom Rand der Grube aus problemlos erkennen können. Bei der ganzen Wühlerei im Sand war nämlich die obere Hälfte eines Schädelds mit zwei leeren Augenhöhlen sichtbar geworden. Also kein Zweifel um was es sich hier handelte.
Das war einmal ein Mensch gewesen.
Schrader war über die Art und Weise der Untersuchung entsetzt.
Die trampelten da unten wie Elefanten im Porzellanladen herum.
„Alles uralt, höchstens was fürs Denkmalamt“, lautete nach wenigen Minuten das abschließende, fachmännische Urteil des Arztes. „Auf jeden Fall nichts für Kriminalisten“!
„War hier mal ´n Friedhof“? fragte der junge Polizeibeamte.
„Hier draußen auf dem Tennisplatz“? entfuhr es Dietrich. „Hier war früher ungefähr die alte Küstenlinie und das ist alles aufgespültes Neuland aus den sechziger und siebziger Jahren du Torfkopp“.

„Kann ich doch nicht wissen“, gab der Kommissar schnippisch zurück. „Da war ich noch nicht einmal geboren! Und sie titulieren mich nicht Torfkopp“!
Schrader hatte zwischenzeitlich mit der Kamera seines Handys so viele Fotos vom Auffindeort gemacht wie er konnte und rutschte dann – ohne Gummistiefel natürlich – ebenfalls in die Grube.
Der Polizist schaute kurz auf aber fragte noch nicht einmal was Schrader dort wollte, für ihn war die Sache bereits abgehakt. Außerdem war er gekränkt und auch der waidmännisch gekleidete Doc interessierte sich nicht weiter für den Fremden.
„Haben sie bitte mal ein paar Gummihandschuhe für mich“, rief Schrader der oben am Grubenrand wartenden blau uniformierten jungen Dame zu.
Die jedoch reagierte nicht.
Dietrich schon, der verzog den Mund und wiederholte laut und sehr deutlich an die Angesprochene gewandt:„G u m m i h a n d s c h u h e Schätzchen“.
„Ich bin nicht ihr Schätzchen und ich verbitte mir das“, meckerte die Beamtin.
„Ich bin für sie immer noch Kommissarin Sophie Hahnemann-Maerz Herr äh Brandmeister“!
„Auch das noch“, murmelte Dietrich.
„Würden Frau Kommissarin Hahnemann-Maerz vielleicht so gut sein, jetzt bitte ein paar Gummihandschuhe raus zu rücken“?
Schrader konnte nur mit dem Kopf schütteln, hatte dann

aber doch seine Handschuhe bekommen.
Er benötigte nun ein Messer und fragte den Feuerwehrmann danach.
„Sind sie Archäologe oder so was“, wollte der inzwischen aus der Grube gekletterte Polizeibeamte, während er sich angeekelt die mit Dreck beschmierten gelben Stiefel auszog wissen.
Und seine schöne Uniformhose hatte auch noch etwas abbekommen!
„Ja, so etwas ähnliches“, antwortete Schrader vage. „Ich interessiere mich für die regionale Geschichte“.
Viel Zeit hatte er nicht, das war deutlich. Die wollten hier so schnell es ging den Laden zumachen.
Mit einem großen Klappmesser konnte er im Sand vorsichtig weitere Relikte freilegen und ihm wurde schnell klar, daß es sich hier in der Tat nicht um einen aktuellen Kriminalfall handelte, handeln konnte. Aber eben auch nicht um eine normale Beerdigung.
Die beiden Menschen, deren Reste hier eindeutig in aller Eile verscharrt worden waren, lagen seit sehr langer Zeit an dieser Stelle. Und es waren zwei Männer gewesen, wie Schrader nach relativ kurzer Zeit anhand der Knochen festgestellt hatte.
Zwei Schädel, zwei Unterkiefer, ein Oberschenkelknochen, zwei Becken und so weiter ließen diesen Schluss zu.
Was allerdings genau zu wem gehörte, war nicht mehr eindeutig sagen, denn der Bagger, der Gummistiefel-

bulle und dieser Dr. Dr. Schmidt hatten hier ein ziemlich zerwühltes Durcheinander hinterlassen.
Aber Schrader hatte auch noch etwas anderes gefunden. Da beide Leichen wohl samt ihrer normalen Kleidung seinerzeit gemeinsam in einer Art geteertem Tuch eingewickelt und vergraben worden waren und dann auch noch in Sand und nicht in Erde, waren trotz der langen Liegezeit einige Fragmente ihrer Habseligkeiten, wenn auch in schlechtem Zustand erhalten geblieben.
Zuerst hatte Schrader neben unzähligen Leder und Stofffetzen vier derbe Sohlen von Männerschuhen und neun vollkommen verkrustete Metallknöpfe gefunden, sowie ein flaches, rechteckiges Gebilde, dessen Umriss und Größe ihn vage an ein Koppelschloss erinnerte.
Am Kopfende des Grabes erspähte er in einem Wust von zerbröselten Holzstücken und rostigen Metallteilen, die mit viel Phantasie zusammen einmal eine Kiste gewesen sein mochten, ein vielleicht acht Zentimeter langes Stückchen gezwirbelten, verrosteten Drahtes der mit zwei winzigen, runden Metallklümpchen verbunden war. Schließlich legte er in Höhe der Rippenfragmente einer der Leichen ein annähernd ovales Metallteil frei.
Und noch etwas hatte der pensionierte Oberkommissar entdeckt.
Und das war wichtig!
Links, direkt neben der linken Augenhöhle nahe der Nasenwurzel des einen Schädels, dessen Oberkiefer

im übrigen recht gute Zähne hatte, war ein kleines, fein gezacktes fast kreisrundes Loch gut zu erkennen.
Ein Einschußloch!
Schrader nahm seinen Bleistift, führte ihn vorsichtig hindurch und stieß auf die gegenüberliegende Innenseite des leeren Schädels. Dabei kratzte er etwas heraus, das im Knochen gesteckt hatte und dieses etwas fiel ihm direkt in den Schoß.
Ein kleiner, verformter Bleiklumpen.
Schrader nahm den Klumpen zwischen Zeigefinger und Daumen und ahnte sofort was das war. So etwas hatte er in seiner Dienstzeit des Öfteren zu Gesicht bekommen.
Er hielt das tödliche Projektil aus einem Schusskanal in der Hand!
Dieser Mann hier war aus nächster Nähe und aus einem ungewöhnlichen Winkel erschossen worden. Von links unten nach rechts oben. Da alles sah jetzt schwer nach einem Tötungsdelikt aus!
Bei dem anderen Schädel, den Schrader nur kurz beschauen konnte, war hingegen die Hirnschale fast vollkommen zertrümmert. Hier konnte er nicht feststellen, wodurch das einst geschehen war, aber er vermutete der Logik folgend, daß auch dieser Tote das gleiche Schicksal erlitten hatte.
Was war hier passiert?
Der pensionierte Polizist blickte sich verstohlen um und steckte ungesehen die winzigen Fundstücke, außer den

Knochenteilen natürlich, links und rechts in die Seitentaschen seines gelben Friesennerzes.
Nur Dietrich hatte das mitbekommen und erstaunt eine Augenbraue hochgezogen.
„Brandmeister, sammeln sie bitte die ganzen Knochen ein und übergeben sie sie dem Bestatter. Der Pastor der Kirche in Pakens wird sicher noch zwei Plätzchen auf seinem Friedhof frei haben“, äußerte jetzt der junge Kommissar fröhlich.
„Ich mache einen kurzen Bericht und sie Herr Doktor schreiben bitte noch ein paar Zeilen über das Alter und Art der Gebeine“.
„Das ist doch nicht ihr Ernst“, rief Schrader entsetzt aus der Grube.
„Und ob das mein Ernst ist“, echote der Beamte – „und was machen sie da eigentlich – kommen sie mal raus“!
„Kann ich dann weiterarbeiten wenn der ganze Kram weg ist“? war jetzt der Baggerfahrer, der dicke Onno zu vernehmen.
„Geht klar“, antwortete der Kommissar.
Onno nämlich hatte auftragsgemäß frühmorgens begonnen, mit seinem Bagger weiter an der flachen Grube zu arbeiten. Dabei machte er diesen schauerlichen Fund der ihm das Grauen über den Rücken jagte, denn der Dicke war auch noch abergläubisch. Er Onno hatte die Totenruhe gestört! Eine für einen Friesen fürchterliche Ungeheuerlichkeit.
Der Baggerfahrer zitterte immer noch am ganzen Leibe

und war sichtlich erleichtert, als zuerst Brandmeister Dietrich, den er per Handy alarmiert hatte eingetroffen war. Der pragmatische Feuerwehrmann telefonierte dann Polizei und Arzt herbei.
Da ja nun wohl alles doch nicht so schlimm war, konnte Onno bald beruhigt weiterbaggern
Dietrich jedoch starrte die ganze Zeit über grübelnd zu Schrader hinunter. Er verstand zwar nicht, weshalb der so ein großes Interesse an alten Knochen hatte, aber ihm schwante, daß es sich hier unter Umständen um eine ganz andere Sache als nur uralte Gebeine von Unbekannten handelte.
Der Doppeldoktor meinte seiner medizinischen Pflicht Genüge getan zu haben und verschwand eilends in seinem „Jagdschutz-SUV“ mit den Worten: „Habe noch ein wichtiges Date“ von der Bildfläche.
Schrader kletterte aus der Grube, verabschiedete sich ebenfalls schnell mit „bis bald“ von Dietrich und radelte Richtung Alter Hafen davon.
Die stummen Zeugen, die er geborgen hatte, lagen sicher in seinen Jackentaschen verwahrt.
Er sah zum Gotterbarmen aus. Die Klamotten waren vollkommen verdreckt und erst seine Hände und Fingernägel!
In Hooksiel City angekommen, duschte er erst einmal heiß und zog sich dann an Bord frische Klamotten an. Die schmutzigen würde er in den nächsten Tagen in der Marina in eine der Münzwaschmaschinen werfen.

Und er hatte einen Bärenhunger nach all der Buddelei. Daher bruzzelte kurze Zeit später duftender, geräucherter Speck samt einem halben Dutzend Spiegeleier in der Pfanne. Das absolut beste Essen für Seeleute!
Und er hatte es sich verdient!
Während Schrader an Deck sitzend sein frugales Mal verputzte, schaute er interessiert dem Wikingerschiff zu, besser gesagt dem Mann, der es mit Touristen besetzt unter Maschine eben aus dem Hafen steuerte. Wieso wurden die Gäste nicht zum rudern animiert oder besser noch gezwungen? Ein Wikingerschiff gehörte gerudert oder gesegelt! Das war doch nichts für Weicheier!
Aber das wäre sicher für die zahlenden Urlauber eine schöne, ja unter Umständen böse Überraschung geworden, wenn ihnen der Schiffsführer die mordslangen Ruderriemen in die Hand gedrückt und sie mit der neunschwänzigen Peitsche in der Hand zum Pullen aufgefordert hätte. So weit reichte die Originalität und Authentizität dann doch nicht.
Mußte ja auch nicht sein.
Wichtig war das Erlebnis als Quasi-Wikinger eine Stunde lang auf dem See herumzuschippern.
Demnächst sollte auch, so war auf Plakaten überall im Ort zu lesen, ein großes Wikingerwochenende mit allem authentischen Drum und Dran, wie am offenen Feuer gegrillter Ochse vom Drehspieß, Langbogenschießen

und Met aus echten Kuhhörnern stattfinden, bei dem als Highlight original kostümierte wilde Nordmänner vor den Augen des staunenden Publikums aus glühendem Eisen Schwerter schmiedeten.
Hägar der Schreckliche, Odin und Wotan ließen schon mal grüßen!
Jetzt zumindest hatte der Wikingerkapitän seine Wikingerfrau an Land zurückgelassen. Die betrieb dort in der Zwischenzeit eine Art Open-Air Kiosk mit original nordischem Folkloreschmuck, regionalem Bier und aus Holz geschnitzten Pottwalen.
"Echte Wikinger Handarbeit"!
„Ideen muß man haben"! dachte Schrader anerkennend.
Nach dem Essen räumte er den Salontisch ab und legte ein paar alte Zeitungen als Unterlage darauf. Dann entleerte er vorsichtig die Taschen und besah sich seine Beute.
„Da müssen Fachleute ran", fand Schrader.
Er besorgte sich im Zeitungsladen umgehend einen leeren Karton plus Klebeband, verpackte die Fundstücke, die er vorher noch so gut wie möglich mit kleinen Zettelchen beschriftet hatte, in Massen von abgerolltem Toilettenpapier und schickte sie noch am gleichen Vormittag per Express ab.
Und zwar zu seinem alten Fussballkameraden Fritz Hansen bei der KTU, der Kriminaltechnischen Untersuchungsstelle in Hamburg-Harburg.
Schrader wußte, dass Fritz einer war, auf den man sich,

wenn es drauf ankam verlassen konnte und dass der keine blöden Fragen stellte.
Und nun kam es mal drauf an.
Ein viel größeres, wenn auch völlig unerwartetes Problem stellte die datentechnische Übertragung von Schraders Handyfotos nach Harburg dar.
Im Alten Hafen gab es nämlich so gut wie kein Netz!
Schrader mußte elend lange in der Gegend herumrennen, um endlich in der Nähe der Touristeninformation mühsam seine Aufnahmen absenden zu können.
„Das ist ja hier anscheinend das Tal der Ahnungslosen“, stellte er fest. Zumindest für die, die mit dem falschen Anbieter einen Handyvertrag besaßen.
Und Schrader hatte augenscheinlich den falschen Anbieter.
Von den jungen gutgelaunten Menschen, die in der Fernsehwerbung mit ihren Smartphones fröhlich weltweit kommunizierten war er soweit entfernt wie ein offenes Lagerfeuer von einer elektronisch gesteuerten Einbauküche.
Aber wollte er sich wirklich noch ändern und immer weiter diesen technischen Schnick-Schnack aufrüsten?
Schrader beschloss noch einmal den dicken Onno aufzusuchen und ihm ein paar Fragen zu stellen. Sicher waren die anderen Kadetten jetzt längst von der Bildfläche verschwunden.
Tatsächlich – der Baggerfahrer baggerte wieder und an der Stelle wo noch heute morgen das wenn auch vor-

läufige Grab der beiden Unbekannten gewesen war. Dort konnte man jetzt nichts mehr erkennen.
Onno hatte ganze Arbeit geleistet!
Und er erschrak als er Schrader erkannte, der auf ihn zugeradelt kam.
„Nochmal Moin Onno“, begrüßte der Ex-Bulle den Baggeristen.
Der wußte nicht so recht, was der Besucher von ihm wollte.
„Ich soll nich mit Fremden darüber reden hat der Doktor gesagt“, erklärte Onno. „Wegen die Touristen und so“.
„Ja klar Onno, der Dr. Schmidt hat natürlich vollkommen recht. Aber ich bin doch gar kein Fremder oder Tourist, ich bin doch der Kumpel vom Dietrich“, versuchte Schrader den Baggermann zu überzeugen.
Dessen Gesicht hellte sich auf. „Stimmt“!
Wie geheißen hatte der Brandmeister zwischenzeitlich die traurigen Reste der beiden Toten eingesammelt und zum Bestatter gebracht. Totenscheine brauchten nicht ausgestellt zu werden, meinte Dr. Schmidt. Dazu wären die beiden nun wirklich schon zu lange unter der Erde.Schrader stellte Onno ein paar gezielte Fragen. Das Ergebnis war – Onno hatte tags zuvor vom Bauleiter den Auftrag erhalten, die markierte Fläche auf eine bestimmte Tiefe auszukoffern. Abends gab es dann vom Chef einen Anschiss weil auf einem Streifen nicht genug Tiefe erreicht worden war. Trotz einsetzender

Dunkelheit hatte Onno dann weitergebaggert und versucht den Fehler gutzumachen. Dabei hatte er mit der Schaufel zu weit ausgeholt und den äußeren Rand der Grube erwischt, der abgebrochen und herunter gestürzt war. Um es nicht immer schlimmer zu machen, ließ Onno den Bagger stehen um am nächsten Tag in aller Frühe den Schaden zu beheben.
Und da hatte er dann die Knochen entdeckt.
Dieser Teil der Geschichte interessierte Schrader besonders.
Onno war also bei einsetzender Dunkelheit am Vortag in der Grube nichts Besonderes und schon gar keine Gebeine aufgefallen – so hatte er es jedenfalls ausgesagt.
Am nächsten Morgen jedoch war die Bescherung sichtbar.
Wieso erst dann? Das war eine spannende Frage!
Heute war nichts mehr für Schrader zu holen und er beschloss mit seinem Rad zum Außenhafen zu fahren und sich dort bei dem Fischimbiss als spätes Mittagessen eine schöne Portion Backfisch samt Remoulade einzuverleiben. Darauf hatte er richtig Appetit.
Vom oberhalb liegenden Parkplatz hatte man eine gute Aussicht auf die Weser, die durch weite Sandbänke von der Jade getrennt war. Dort hinten im Dunst konnte er die großen Autotransporter erkennen, die nach Bremerhaven fuhren oder einen Bulker, der sicher Brake zum Ziel hatte.

Zufrieden und satt setzte er sich wieder in den Sattel und nahm nun den ausgeschilderten Weg mehr oder weniger dicht am Hooksmeer entlang.
Der Tag war sowieso fast vorbei und auf Arbeiten am Schiff hatte er keine Lust. Außerdem spürte der Frühpensionär eine ihm, wie er meinte, altersmäßig zustehende Müdigkeit.
Da gab es nur ein Mittel: Ab in die Koje!
Und das am Nachmittag.
Er würde Kraft für die nächsten Tage brauchen.

Schrader erwachte am anderen Morgen relativ spät.
Eigentlich sehr spät.
Er wollte gestern nachdem er an Bord zurückgekehrt war, noch etwas lesen. Dann aber fielen ihm die Augen zu und er glitt in einen langen, traumlosen Schlaf.
Nun nach dem Aufstehen fühlte er sich ausgeruht und fit.
Das Wetter hatte sich verändert und der Himmel war trostlos wolkenverhangen.
Echtes Schietwetter!
Er hatte gerade seinen obligatorischen Kaffee zubereitet und ein Stück mittelalten Goudakäses abgeschnitten, als er bei einem Blick durch das Bullauge die Frau von vorgestern Abend vor Mayas Cafe oben auf dem gegenüberliegenden Deich neben dem alten Mudderboot erkannte. Sie stand dort und schaute wie suchend auf die wenigen Boote im Hafen hinunter.

„Die Zauberfee sieht ja verdammt gut aus“, ging es ihm durch den Kopf. „Genau mein Typ!
Schlank, dunkle lange Haare, sportliches Äußeres und von Weitem geschätzt so um die fünfzig Jahre alt“.
Schrader mußte sich eingestehen, daß es wirklich reichlich lange her war, als er noch den Mädels hinterher gesehen hatte. Ihm war in fünfundzwanzig Ehejahren der Draht zum zarten Geschlecht irgendwann einfach abhanden gekommen. Allerdings war er auch nicht der Typ für riskante Seitensprünge.
Sei´s drum. Diese vollkommen absurden Gedanken eines mittelalten Goudas verwarf er sofort wieder.
Tempi passati – Over and Out!
Hier in Friesland jedenfalls war er angetreten, um als einsamer Seewolf endlich sein unabhängiges Leben genießen zu können und sich nicht mehr mit den von seiner Ex-Frau so geliebten neuesten Erzeugnissen der Shabby-Chic-Industrie oder ihrer Sammlung von Rosamunde Pilcher Romanen, die sie im Ehebett so gerne las, herumplagen zu müssen.
Freiheit war Trumpf!
Und außerdem gab es jetzt für ihn wirklich Wichtigeres, als langen Haaren und einem hübschen Hintern nach zu gucken.
Zwei Leichen am Deich zum Beispiel.
Eine knappe halbe Stunde später hatte er sein Frühstück beendet, das wenige Geschirr etwas nachlässig abgewaschen und war für den Landgang fertig.

Er schob mit Schwung seine Luke auf und – blickte direkt in das Gesicht der unbekannten Lady von vorgestern!
Vor lauter Überraschung bekam er kein Wort heraus und starrte sie nur an.
Anscheinend starrte er sie viel zu lange an.
„Haben sie ein Schweigegelübde abgelegt"? fragte ihn ihre warme, dunkle Stimme.
Schrader war vollkommen überrumpelt und brachte jetzt wenigstens ein „Guten Morgen" zustande.
Die Frau trat ein wenig zurück, warf den Kopf in den Nacken und lachte hell auf.
„Daß ich noch solch eine starke Wirkung auf Männer habe, war mir gar nicht bewußt", sagte sie.
„Habe ich denn ihre Erlaubnis an Bord zu kommen, Herr Kapitän", fragte sie ihn unumwunden.
Schrader war perplex. Wie unkompliziert und locker war denn diese Frau?
„Selbstverständlich, entschuldigung", haspelte der Skipper und hielt seine Hand hin um ihr an Bord zu helfen.
„Stefan Schrader", stellte er sich vor.
Als sie in der Plicht Platz genommen hatte sagte sie:
„Sicher wundern sie sich, was ich hier an Bord will. Aber ich habe mich, entschuldigen sie bitte meine Neugier, nach Ihnen erkundigt.
Der einsame Aussteiger, der auf seinem Schiff lebt. Das interessiert mich wirklich brennend"!

Schrader wußte nicht so recht was er darauf antworten sollte. Diese Frau zerbröselte doch tatsächlich seine seebärige Selbstsicherheit binnen einer einzigen Sekunde zu Asche. Wollte sie ihn etwa verarschen oder war das gar so eine Art von Wette mit ihren Freundinnen? Auf so eine Nummer hatte er nun absolut keinen Bock.
Sie deutete sein zu langes Zögern allerdings als Abfuhr und erhob sich ziemlich abrupt. Dabei brachte sie das Boot leicht zum schwanken. „Bitte entschuldigen sie, ich wollte sie wirklich nicht belästigen“, sagte sie mit leichter Unsicherheit in der Stimme und war dabei sogar etwas errötet.
Sie befand sich jetzt auf dem Rückzug und wollte tatsächlich gehen. Schrader erwachte aus seiner dämlichen Erstarrung. „Oh nein, bitte bleiben sie um Gottes Willen hier. Ich war nur nicht auf solch einen netten Besuch vorbereitet“.
Er machte eine einladende Bewegung mit der Hand und sie setzte sich, wenn nun auch leicht zögernd wieder hin.
Alles zurück auf Anfang befahl sich Schrader. Du benimmst dich ja wie ein vierzehnjähriger Schuljunge.
Nachdem er seinem ungewöhnlichen Gast etwas zu trinken angeboten hatte, lauwarmes Mineralwasser um genau zu sein, denn mehr war nicht mehr an Bord, entspannte sich die Situation erstaunlich schnell und sie plauderten locker über das Segeln, das Leben an Bord und Gott und die Welt. Schrader konnte sich jedoch

nicht überwinden, private Dinge aus seiner Vergangenheit zu erzählen und machte daher um dieses Thema einen großen Bogen. Sie war ja eine Fremde für ihn, wenn auch zugegebenermaßen eine verdammt sympathische Fremde.
Als sie sich nach fast zwei Stunden verabschiedete und von Bord ging, kannte er wenigstens ihren Vornamen. Sie hieß Helene und stammte aus Osnabrück. Mehr wußte Schrader nicht, aber anscheinend hatte es ihr beim ihm gefallen, denn sie rief beim Weggehen „bis bald Capt´n“.
„Hmm – nett war sie ja. Und verdammt attraktiv auch“! Der ehemalige Oberkommissar trabte an Land und besorgte sich in der Bäckerei ein paar Rosinenbrötchen, die er so gerne mochte und eine Tageszeitung.
Fernsehen gab es beim ihm an Bord nicht und für den Fall, daß er später in den dunklen Wintermonaten Lust auf Unterhaltung bekommen sollte, hatte er sich seine Lieblingsfilme wie „Miss Marples Mörder Ahoi“, „Erskine Childers Rätsel der Sandbank“ oder den „Untergang der PAMIR“ als DVD mitgenommen. Trotzdem wollte er doch hin und wieder über aktuelle Neuigkeiten informiert sein. Aber die Welt hatte sich nicht verändert. Natürlich nicht. Alles war beim Alten.
Als Schrader nach einer Stunde eben wieder an Bord zurück war, erspähte er Feuerwehr-Dietrich der im Schlepptau einen alten Mann mit blauer Schiffermütze auf dem Kopf hatte.

„Kommt an Bord“, rief Schrader und wunderte sich insgeheim, was dieser Besuch bedeuten mochte.
Wer war denn dieser alte Mann?
Dietrich hatte sein breitestes Grinsen aufgesetzt und meinte unten im Logis angekommen: „Dachte mir, als so eine Art Heimatforscher interessierst du dich bestimmt für die Geschichte des Ortes und da habe ich mal Eike Hansen mitgebracht. Das ist der jüngste Sohn des letzten Vormannes des Ruderrettungsbootes der Deutschen Gesellschaft zur Rettung Schiffbrüchiger von Hooksiel.
Der „jüngste“ Sohn!
„Mein Gott“, ging es Schrader durch den Kopf, „dieser Eike hier war weit über neunzig Jahre alt“!
„Ist so eine Art inoffizieller Ortschronist und kennt noch eine Menge Geschichten von seinem Vater und aus vergangenen Tagen. Du hast doch gestern gesagt, du seiest so eine Art Forscher“. Dietrich grinste immer noch.
Glaubte der eigentlich alles, was er sagte?
„Eike braucht aber um in Erzähl-Laune zu kommen ein wenig Aufwärmgetränke“.
Schrader nickte verständnisvoll mit dem Kopf. „Alten Korn zum Beispiel“.
Nachdem die Männer es sich unter Deck auf dem mit grünem Stoff bezogenen Sofa gemütlich gemacht hatten und Schrader mangels „Alten Korns“ jungen Genever eingeschenkt hatte, fragte Dietrich unver-

mittelt: „Warum interessiert dich das eigentlich alles mit den beiden Toten und so weiter“?
Auf diese Frage hatte Schrader bereits längst gewartet. Eigentlich hatte er sich vorgenommen niemandem zu erzählen, was er früher beruflich gemacht hatte. Das war ja im Grunde auch vollkommen belanglos. Aber er sah auch keine Veranlassung Dietrich zu belügen.
Leise, so daß der seelig am Genever nippende Alte es nicht mitbekommen konnte, raunte Schrader Dietrich nur „Ex-Bulle“ ins Ohr.
Der Feuerwehrchef zog wieder eine Augenbraue hoch und meinte, daß er Schrader von vorneherein nicht für einen ehemaligen Seemann oder gar Archäologen gehalten hatte. Aber mußte es gleich ein Bulle sein?
Der alte Eike Hansen jedenfalls war Jahrgang 1923 und in Hooksiel, im ehemals sogenannten Nachtjackenviertel geboren und aufgewachsen.
Die Gegend eine Hausreihe hinter dem Hafen hieß damals so, weil die Häuser und Ställe mit der Rückseite an einen Graben grenzten und dort auch die Toiletten, die Plumpsklos standen. Da konnte man dann des Nächtens Damen und Herren in Häubchen, Bettmütze und Nachtjacke beobachten, die mit Kerze und altem Zeitungspapier bewaffnet eilends dem Ort des Unaussprechlichen zustrebten.
Nicht umsonst zeigte früher die alte „DARMOL und du fühlst dich wohl“ Werbung genau solch eine eilige Person.

Der alte Mann ließ sich nachschenken und durch seine plastische Erzählung wurde die Vergangenheit für kurze Zeit wieder lebendig.
Im Hafen war natürlich weit mehr los als heutzutage. Gar kein Vergleich mit früher!
Dort ließ damals eine Holzhandlung ihr Material per Schiff anliefern, dort löschten die Fischer ihre Fänge und verschiedene andere Arten von Waren wurden ständig verladen. Und alles an diesem winzigen Hafenplatz, wo sogar der Zoll im mittleren der drei Packhäuser residierte. Das war so um 1920 meinte der alte Eike nach einigem Nachdenken und einem weiteren Schluck Genever, denn später war in dem gleichen Haus auch mal die Jugendherberge.
Schrader mußte aufpassen, daß er den Erzählungen folgen konnte, denn manchmal warf der Alte die Jahrzehnte munter durcheinander.
Im Krieg ja, da war auch was los.
Da war Hooksiel Bestandteil der Festung Wilhelmshaven, die man ohne Passierschein nicht betreten oder verlassen durfte. Auch gehörte die schwere 28,5 Zentimeter Marinebatterie in Schillig dazu. Und das heutige Haus des Gastes stand auf den Fundamenten der ehemaligen Flakstellung. Damals wimmelte es hier von Marineleuten.
„Von welchem Krieg sprichst du denn jetzt eigentlich“? fragte Schrader verwirrt nach.
Der Alte überlegte. „Na von allen beiden“, antwortete er.

Dietrich schaute ergeben gegen die Kajütendecke und meinte: „Mensch Eike, den ersten hast du doch gar nicht miterlebt"!

Aber Schrader hakte nach. „Laß ihn man ruhig reden".

Der olle Hansen erzählte und erzählte. Wie sein Vater, eigentlich im Hauptberuf Granatfischer mit Schiebenetz, zuerst so um das Jahr 1900 freiwilliger Rettungsmann bei der Deutschen Gesellschaft zur Rettung Schiffbrüchiger geworden war und dann 1910 sogar Vormann des Hooksieler Ruderrettungsbootes.

Schrader erinnerte sich an das, was er in seiner Broschüre gelesen hatte – zu dieser Zeit, eben lange vor der Landgewinnung und Eindeichung siebzig Jahre später, lag ja der Ort fast an der offenen See und somit war ein Rettungsboot äußerst sinnvoll und dringend notwendig. Ob es auch Einsätze und spektakuläre Schiffsuntergänge vor Hooksiel gegeben hatte, wollte der Ex-Oberkommissar wissen.

Leider war jetzt der Genever fast bis zur Neige ausgetrunken!

Eike Hansen war nicht mehr so richtig wach und schweifte ab.

Ja die Jungens aus Horumersiel oder gar Carolinensiel hatten immer viel mehr zu tun. Hier bei Hooksiel war die See geschützter als vor den rauhen ostfriesischen Inseln und es gab daher deutlich weniger Einsätze. Der traurigste jedoch war der gemeinschaftliche Rettungsversuch der in Seenot geratenen holländischen Tjalk

„Ora et Labora“ Anfang des Jahrhunderts, bei dem sogar die Ehefrau des niederländischen Kapitäns und ihr Baby betroffen waren. Trotzdem mehrere Rettungsboote verschiedener Stationen, dabei auch Eikes Vater, im brüllenden Sturm und bei Eiseskälte ausgelaufen waren, konnten nur wenige Menschen gerettet werden. Und selbst einige der Retter hatte der Versuch das Leben gekostet.
Ansonsten hatte in den späten zwanziger Jahren mal ein mit Ziegelsteinen beladener Küstenfrachter die Einfahrt verfehlt und war aufgelaufen.
Anscheinend lohnte sich in Hooksiel für die DGzRS dann keine eigene Rettungsstation mehr und so wurde die alte bereits in den dreissiger Jahren geschlossen. Leider brannte der schöne Rettungsschuppen in späterer Zeit ab.
Der Alte Mann nahm einen letzten Schluck.
Und es fiel ihm doch noch etwas in Puncto Seenotrettung ein. Irgendwann, Eikes Vater war da schon Hooksieler Rettungsvormann, wurde Alarm gegeben.
„Schipp op Strand“!
Sein Vater rannte auf dem Hafenmeisterpfad zu seiner Aussichtsplattform, um von dort oben die See und die Sände mit seinem Kieker besser überblicken zu können. Ein graues Boot, von dem der Vater meinte, daß es sich um ein kleines Marinefahrzeug gehandelt hatte, war aufgelaufen und Vormann Hansen ließ mit seinen Männern den Rettungskutter zu Wasser um vor Ort nachzuschauen.

Leider wurde dort keine Menschenseele angetroffen und das leere Boot ohne Namen und Heimathafen später abgeborgen und verkauft.
„Wann war das nun wieder"? fragte Schrader.
Der Alte grübelte lange. „Soweit ich mich erinnern kann hat mein Vater immer erzählt, daß das genau in den Tagen war, kurz bevor der Kaiser ins Exil nach Holland ging und eine Militärstreife eines Nachts beim Dorf Bohnenburg einen fahnenflüchtigen Mariner erschossen hat. Der wollte wohl unerkannt ins Hinterland abhauen.
War 1918 in der Zeit der Revolution in Wilhelmshaven, da ging sowieso alles drunter und drüber".
Eike Hansen war immer noch nicht am Ende denn es fiel ihm eine weitere nette Anekdote ein, an die er sich genüßlich erinnerte.
„Wenn wir im Morgengrauen mit unseren Kuttern vom Fischfang im Hafen zurück waren, gingen wir nach dem Festmachen erst einmal stracks durch den Deichdurchlass zur Kneipe „Zum Hook" gegenüber. Gibt's heute leider nicht mehr aber das Haus steht noch. Das mit der großen Windrose im Giebel".
Die Windrose war Schrader auch schon aufgefallen!
„Auf der Rose stellte der Wirt täglich die für Fischer und Seeleute so wichtige Windrichtung weithin sichtbar ein. Und im Winter hatte er an der Außenfassade eine gelbe Rundumleuchte angebracht, die ab einer Temperatur von unter O Grad Celsius blinkte und alle vor Glatteis warnte.

So früh morgens wenn wir ankamen war natürlich niemand da und die Kneipe geschlossen, aber wir waren ja durstig und wollten tanken.
Der Wirt hatte für die Eingeweihten den Haustürschlüssel in einer Fensternische hinterlegt und so konnten wir im Selbstbedienungsverfahren erst einmal richtig einen nehmen. Das Geld wurde einfach auf den Tresen gelegt und nie fehlte etwas. Als der Wirt in Rente ging konnte er mit Fug und Recht sagen: "Ich habe mein Geld im Schlaf verdient".
Dietrich unterbrach den alten Mann wieder.
„Aber Eike, das war doch nun schon in den siebziger oder achtziger Jahren – du wirfst ja alles durcheinander"!
„Sag ich doch", antwortete der trotzig.
Dann war es Zeit, den Ortschronisten nach Hause zu bringen.
Der hatte einen im Tee.
Dietrich mußte den Oldtimer stützen, die beiden verabschiedeten sich und verließen leicht schwankend die „Udel".
Wobei offen blieb, was hier mehr geschwankt hatte.
Das Boot oder die Männer.
Schrader fand die alten Stories sehr interessant und hätte noch stundenlang zuhören können.
Aber brachten die ihn in diesem Fall weiter?

Frühzeitig an diesem neuen Tage hatte sich Schrader

wieder eine Zeitung besorgt und saß den ganzen Vormittag vertrödelnd auf einer Bank des Schlafdeiches nahe der alten Kanone, denn er wartete mit Spannung auf die ersten Ergebnisse der Kriminaltechnik, aber das konnte noch dauern.

Zu Schraders Überraschung klingelte wenig später sein Handy. Am anderen Ende war Fritz Hansen von der KTU. „Mann wieso kriege ich dich denn nicht"? fragte er vorwurfsvoll.

„Ich versuche dich seit einer geschlagenen Stunde an die Strippe zu bekommen, besser gesagt in den digitalen Orkus". Hansen mußte lachen, als wenn er eben einen guten Witz gemacht hatte. „Strippe war ja früher"!

„Hier in der Gegend läuft das noch nicht so gut mit dem Empfang", antwortete Schrader, „aber was hast du für mich Fritz, ich sitze auf heißen Kohlen"?

„Gemach, Gemach mein Freund. Soweit mir bekannt ist, bist du doch pensioniert und mit deiner Segelyacht auf spätem Selbstfindungstrip. Weshalb interessieren dich denn diese ganzen alten Kamellen? Oder kann der Fuchs das Jagen nicht lassen? Auf jeden Fall hast du mir ja da schön was eingebrockt. War alles gar nicht so einfach mit dem ganzen rotten Kram, den du mir geschickt hast, aber hier habe ich einen neuen Kollegen, sehr jung, sehr frech und ein Ass am Computer. Und er besitzt eine überirdisch gute Kombinationsgabe! War sogar mal Spieleentwickler in Irland".

Schrader unterbrach seinen Freund etwas irritiert.
„Der war was für ein Entwickler – Spieleentwickler in Irland? Du nimmst mich auf den Arm Fritz! Du erwartest, dass ich mit einem pubertierenden Spieleentwickler zusammenarbeite“?
„Nun mal ruhig Kollege. Der Bursche war Entwickler von Spiele-software und hat das sogar studiert – ein neuer Berufszweig eben den du Hinterwäldler gar nicht kennst.
Der Junge hat ein analytisches Geschick sage ich dir und jetzt vertrau einfach deinem alten Freund. Ich geb dir den Wunderknaben mal rüber, dann kann er dich direkt schlau machen. Die Ergebnisse habe ich dir bereits online auf deinen Rechner geschickt – natürlich von meinem privaten Notebook aus und nicht über den Behördencomputer“!
Es raschelte und dann war das überirdische Genie am Telefon.
„High, willkommen in Svennies digitaler Welt“, meldete sich das Computerass flapsig und gab Schrader einen kurzen Überblick über die bisherigen Ergebnisse. Die erste Erkenntnis war: Die beiden Toten waren Soldaten gewesen!
Sven dozierte lässig ohne Punkt und Komma.
„Nach der Ultraschallreinigung der Beweismittel konnte festgestellt werden, dass es sich um Jacken respektive Mantelknöpfe der früheren Kaiserlichen Marine die mit Krone und Anker gekennzeichnet sind handelt.

Das rechteckige Fragment ist der Rest eines Mannschafts-Koppelschlosses ebenfalls aus Messing mit dem umlaufenden Schriftzug „Gott mit uns“.
Ja und dann das ovale Teil. Hat am meissten Arbeit gemacht! Hierbei handelt es sich um eine vormals vernickelte Erkennungsmarke der Marine. Die Aufschrift war jedoch so schwer korrodiert, daß wir roentgen mussten um überhaupt etwas erkennen zu können. Die rekonstruierte Aufschrift lautet: Kerner – Seeoffizier – 4/14 S.M.S Friedrich der Große“.
Der flotte Sven machte eine Pause.
Schrader wurde ungeduldig. „Weiter, weiter Kollege“, forcierte er den jungen Mann, denn insgeheim war er von der Arbeit und den Ergebnissen bereits stark beeindruckt.
„Be cool man - muß mir erst mal eine drehen“, antwortete der jedoch.
Schrader glaubte nicht richtig gehört zu haben!
„Du rauchst in behördlichen Räumen“? fragte er ungläubig.
„Klar und nicht nur Tabak“, lachte Sven munter. „Wenn ich nachdenke muß ich was rauchen und ich denke gerade nach“!
Schrader wollte gar nicht wissen, was der Bub mit „was rauchen“ tatsächlich gemeint hatte.
Weiter ging es.
„Bei dem kleinen, verformten Teil, das du in dem einen Schädel gefunden hast, handelt es sich, wie du richtig

vermutet hast, um ein Projektil Kaliber 9mm.
Mit hoher Wahrscheinlichkeit wurde eine Pistole Typ Parabellum 08 zum Abfeuern benutzt. Und zwar aus allernächster Nähe.
Die Leder und Tuchfetzen stammen von der Bekleidung der beiden Toten.
Der eine, wahrscheinlich ein Mannschaftsdienstgrad oder Unteroffizier, trug eine graue Lederjacke und der andere, ein Offizier, einen blauen Mantel aus Marinetuch", fuhr Sven fort.
„ Beide hatten ursprünglich Lederstiefel an den Füßen, das hat die Prüfung der Sohlen ergeben. Marinestiefel um genau zu sein, denn die sind nicht genagelt wie damals bei der Armee üblich, sondern haben vernähte Ledersohlen.
Das Material in das die Leichen eingewickelt waren, ist geteertes daher wasserdichtes Segeltuch, Persenning genannt, wie man es früher auf Schiffen zum Abdecken zum Beispiel von Rettungsbooten benutzt hat, sagt das Deutsche Schifffahrtsmuseum in Bremerhaven.
Die Holzsplitter und verrosteten Reste stammen mit Sicherheit von einer ehemals eisenbeschlagenen Kiste, die mit hellgrauer Ölfarbe lackiert war und der Draht mit den zwei kleinen Klümpchen konnte von einem Spezialsammler in Kassel als Verschlussplombe aus Blei identifiziert werden, einer sogenannten – warte mal, wie hieß die noch – fiskalischen Doppelplombe – die, so der Fachmann nur von der Reichsbank für Edel-

metalltransporte benutzt wurde.
Interessanterweise“, – hier machte Svennie wieder eine Pause, - „hat unser Labor festgestellt, daß diese Doppelplombe erst vor sehr kurzer Zeit geöffnet beziehungsweise der Draht mit einer Zange oder ähnlichem aufgeschnitten worden ist. Will heißen der angerostete Draht wurde erst kürzlich durchtrennt denn die Schnittstelle ist nicht korrodiert sondern blank! Konnte ich selbst unter dem Mikroskop deutlich erkennen“.
D a s war nun die eigentliche Überraschung!
Schrader war zunächst sprachlos und in seinem Kopf schlugen die Gedanken Purzelbäume.
Wer zum Teufel hatte denn das getan? Und vor allem wann?
Der Computerfreak plapperte jedoch schon wieder munter weiter. Anscheinend machte ihm das ganze Spass.
„Und Alter, die von dir übermittelten Handyfotos waren wirklich so grottenschlecht, daß ich die erst einmal digital bearbeiten mußte. Du solltest dir vielleicht mal bei Gelegenheit ein Smartphone oder Tablett zulegen“ – das klang fast vorwurfsvoll!
„Ich habe das Material dreidimensional umgerechnet, vermessen und ausgewertet. Auffällig ist in der Tat die seltsame Größe und Anordnung dieses, nennen wir es mal Grabes.
Die beiden Toten lagen wohl ursprünglich annähernd

übereinander. Der Raum oberhalb der Köpfe der Toten, geht man von ausgestreckter Liegehaltung von ungefähr zwei Metern aus, ist größer als eigentlich bestattungshalber benötigt. Dort lag ganz sicher ursprünglich die jetzt zerfallene Kiste".

Sven war nun in seinem Element.

Vielleicht entwarf er ja auch gerade so nebenbei ein neues Computerspiel mit Skeletten und Gräbern!

„Deine GPS Daten und Fotos des Auffindeortes der beiden Leichen habe ich mit altem topographischem Kartenmaterial verschiedener Jahrgänge aus den digitalen Kartenstellen des Landesamtes für Geoinformation und Landvermessung Niedersachsen und des Bundesamtes für Seeschifffahrt und Hydrographie in Hamburg verglichen".

„Jetzt duzt der Kiffer mich schon und nennt mich auch noch Alter", regte sich Schrader auch.

„Aber verdammt fit in der Birne ist er ja", mußte der Oberkommissar a.D. unumwunden zugeben.

„Tatsächlich liegt der Ort ziemlich genau da, wo früher vor der Landaufspülung in den sechziger und siebziger Jahren der ungefähre Küstensaum gelegen haben muß. Ganz in der Nähe der alten Seebadeanstalt übrigens. Ich bin dabei von einem Mittelwert des Jahres 1920 ausgegangen und habe alle Sturmfluten und eventuelle mechanische Veränderungen soweit bekannt mit eingerechnet. Ergibt plus minus zwanzig Meter Genauigkeit den Fundort.

Also summa: Dort wo heute Tennisplatz, Bäume und Pferderennbahn liegen, war früher Wasser, bei Ebbe Watt, dazwischen ein paar mickrige Sandhäufen bestenfalls mit Strandhafer bedeckt.
Nun zu dem auf der Erkennungsmarke genannten Schiff und dem dazugehörigen Offizier.
S.M.S Friedrich der Große – also Seiner Majestät Schiff „Friedrich der Große“ war bis 1917 das Flaggschiff der Hochseeflotte von Admiral Scheer. Der Leiter der Wehrgeschichtlichen Lehrsammlung in Flensburg-Mürwik hat mal einen Blick in die Bücher getan, in Ranglisten wie er es nannte und nach dem Namen des Offiziers gesucht. Und hat in der neunzehnhundertachtzehner Rangliste einen Leutnant zur See Kerner gefunden, Eintrittscrew IV-1914 der Artillerieoffizier auf dem alten Flottenflaggschiff gewesen ist.
In der erst 1936 erschienenen Ehrenrangliste wird es dann richtig interessant. Dort sind dann wirklich alle Offiziere und besonders ihr Verbleib im 1.Weltkrieg verzeichnet.
Ja und in dieser Liste wird ein Leutnant zur See Hans Kerner, geboren am 22.April 1895, eingeschifft auf „S.M.S Friedrich der Große“ im November 1918 als „vermisst“ aufgelistet!
„Na, das ist doch ein Hammer - echt geil, nicht“? meinte Sven.
„In der Tat echt geil“, wiederholte Schrader leicht säuerlich. Dieser Sven würde wohl niemals ein eini-

germaßen normal verständliches Beamtendeutsch für den Dienstgebrauch lernen.
Fritz Hansen hatte das Telefon wieder übernommen und fragte scheinheilig lachend: „Na, konnte dir unser kleines Genie weiterhelfen"?
„Ich weiß nur eins Fritz, der Bursche ist tatsächlich richtig gut – aber wenn ich noch im Dienst wäre und vor mir ein kiffender Beamter sitzen würde, der mich mit „be cool" und „geil Alter" anspricht…" – Schrader schenkte sich den Rest des Satzes.
„As time goes buy - die Zeiten haben sich eben in den letzten vierzig Jahren geändert", antwortete Fritz. „Nimm es nicht tragisch. Und außerdem ist Sven nur unser Praktikant und kein Beamter".
„Na wenn das so ist, kann er ja beruhigt im Dienst eine Tüte durchziehen", gab Schrader zurück und bedankte sich vorerst bei seinem alten Freund in der Kriminaltechnik.
„Hochinteressant war es trotzdem Fritz– tschüs mein Alter", verabschiedete sich Schrader von seinem Freund.
Getränke und Lebensmittel mußten dringend an Bord aufgefüllt werden und dann wollte sich der Ermittler hinsetzen und die neu gewonnenen Informationen verarbeiten.
Das versprach eine spannende Sache zu werden.
Er fuhr mit dem Rad quer durch den Ort, hinaus zum Verteilerkreis und dann rechts rüber zum Supermarkt

hinter der Tankstelle, wo er Vorräte für die nächsten Tage einkaufte.
Hooksiel hatte wirklich alles parat, was man zum Leben brauchte.
Außer einem Erotikshop vielleicht.
Aber wer brauchte so etwas überhaupt?
Auf dem Rückweg hatte er dann noch eine seltsame Begegnung.
Ein blutüberströmter Mann, dem eine Axtklinge tief im Kopf steckte, kam aus einer kleinen Kirche heraus und hielt einen Kaffeebecher in der Hand in dem er mit einem Löffel herumrührte.
Was um alles in der Welt war das denn?
Schrader hielt augenblicklich an und stieg ab. Vielleicht konnte er dem Verletzten noch helfen.
Das sah ja grauenerregend aus!
Bevor Schrader jedoch den Mann erreicht hatte, öffnete sich eine Tür und eine echt häßliche Hexe mit warziger Hakennase und dem typisch spitzen Hut, den Hexen immer auf dem Kopf zu tragen pflegen, trat auf den Vorplatz und fragte den Mann mit der Axt im Kopf, ob er Kuchen haben wollte, es wäre jedoch nur noch Butterkuchen da.
Nein, Butterkuchen mochte er sowieso nicht, das wisse sie doch und überhaupt sei auch keine Zeit mehr, denn in zehn Minuten kämen ja bereits die Untoten.
„Ich bin im falschen Film gelandet“, stellte Schrader irritiert fest und schnallte erst jetzt, daß die Kirche gar

keine mehr war und der Axtmann nebst Hexe wohl zu dem Fachpersonal eines Gruselkabinetts gehörten.
Ideen hatten die Leute im Wangerland!
Dagegen war das Panoptikum auf der Hamburger Reeperbahn ja eine Lachnummer.
Kopfschüttelnd stieg er wieder auf seinen Drahtesel und fuhr in den Alten Hafen.
An Bord der „Udel" setzte er sich einen starken Kaffee auf. Er brauchte jetzt Ruhe um nachdenken zu können.
Wie war der Ermittlungsstand?
Im November 1918 also waren anhand aufgefundener Erkennungsmarke identifiziert, ein Leutnant Hans Kerner mit einem anderen Seemann direkt an der Küste erschossen, und die beiden Leichname von mindestens einem dritten Mann in aller Eile nebst einer Kiste verscharrt worden.
Weshalb ein Doppelmord an Marinesoldaten in einem Krieg der fast zu Ende war?
Schrader spekulierte.
Hintergrund der Tat könnte der Inhalt der Kiste gewesen sein, die laut der aufgefundenen Plombe Wertsachen der Reichsbank zum Inhalt gehabt haben mochte. Und es war die Zeit der Revolution in Deutschland.
Was waren das für Wertsachen?
Hatte der, wie Eike Hansen erzählte, im gleichen Zeitraum von einer Streife bei Bohnenburg erschossene Marinesoldat etwas damit zu tun? War er vielleicht

einer der Männer vom Strand oder gar der Mörder? Und was hatte es mit dem aufgelaufenen Marineboot, ebenfalls im gleichen Zeitraum auf sich? Gehörte das alles zusammen?
Schrader grübelte.
Nein, das reichte nicht, er mußte mehr Informationen haben!
Der ehemalige Polizeibeamte hatte eine Idee.
Morgen würde er alle alten Friedhöfe der Umgebung abklappern. Möglicherweise fand er dort Hinweise.

Ein nieseliger, ungemütlicher Tag empfing Schrader, als er wieder auf seinen Drahtesel stieg.
Diese Radelei ging ihm langsam auf den Sack.
Und wieder Scheißwetter!
Noch gestern Abend hatte er an Bord beim flackernden Schein der Petroleumlampe unter Zuhilfenahme der Landkarte eine Liste von allen in Frage kommenden Kirchen und Friedhöfen angefertigt. Allerdings nicht die modernen in Schillig oder die beiden direkt in Hooksiel gelegenen und schon gar nicht das Gruselkabinett. Die waren ja für seine Fragen uninteressant, zu neu und erst vor ein paar Jahren gebaut worden.
In der Gegend gab es die im Mittelalter errichtete evangelisch-lutherische Kirche „Zum Heiligen Kreuz“ in Pakens.
Die gehörte seltsamerweise zu Hooksiel, obwohl sie zwei Kilometer außerhalb des Ortes lag.

Des Weiteren eine kleinere in Wüppels und ein winziges weiter nördlich abseits gelegenes Gotteshaus von St. Joost.
Außerdem noch eine ziemlich große, ebenfalls uralte Kirche in Hohenkirchen, dem Verwaltungssitz des Wangerlandes.
Schrader radelte und radelte.
Vielleicht hätte er doch damals bei der Trennung das Auto behalten sollen, überlegte er keuchend.
Nicht nur vielleicht, sondern ganz sicher!
Von der Hauptstraße nach Horumersiel bog er in einen als Sackgasse bezeichneten, quer durch die grüne Landschaft führenden Weg ab. Ein Hinweisschild wies ihm dabei die Richtung und nach einigen Kilometern hatte er das Kirchlein von St .Joost gefunden, das wie verwunschen zwischen alten Bäumen in dem winzigen Örtchen lag.
Nachdem er den kleinen Kirchhof mehrfach abgesucht hatte, selbstverständlich auch nach umgefallenen oder abgebauten Grabsteinen, gab er auf. Hier war nichts zu holen und jetzt hatte es auch noch angefangen intensiv zu regnen.
Schrader strampelte wieder auf der Hauptstraße zurück und gelangte, nun bereits vollkommen durchnässt bei der Kirche von Wüppels an.
Das gleiche Procedere – nach einer halben Stunde des Suchens im strömenden Regen – wieder nichts!
Seine Laune war auf dem Nullpunkt angelangt. Es troff

ihm trotz der Kapuze des Friesennerzes ins Genick, seine Schuhe waren völlig aufgeweicht und machten bei jedem Schritt quatschende Geräusche und die Hose war nur noch ein nasser, unbequem scheuernder Feudel.

„Nützt ja nichts – ich muß weiter“, tröstete er sich und fuhr wieder zurück in Richtung Hooksiel.

Hohenkirchen würde er in dieser Verfassung heute sowieso nicht mehr schaffen.

„Zum Heiligen Kreuz“ in Pakens entpuppte sich als ein aus wuchtigen Steinquadern geschaffenes Gotteshaus auf einer Warft gelegen, einem einst von Menschenhand gegen die Sturmfluten der Frühzeit errichteten künstlichen Hügel. Wie in dieser Gegend üblich, hatte man den niedrigen Glockenturm separat, seitlich querliegend zum Kirchenschiff errichtet. Der ursprüngliche Friedhof lag höher als der neue, heute genutzte Teil des Gottesackers.

Schrader schritt suchend die historischen Gräberreihen entlang. Aufwändig gestaltete, mehrere hundert Jahre alte Grabsteine und Platten erzählten in einer seltsam antiquierten friesischen Sprache, wer dort im siebzehnten oder achtzehnten Jahrhundert „Nach einem Leben zu Gottes Wohlgefallen“ in die Ewigkeit eingegangen war. Einige „Memento Mori“ – die aus Stein gemeißelten Totenschädel gemahnten den Besucher an die eigene Vergänglichkeit.

„Hier wird das Leben relativ“, dachte der ehemalige Polizist.

Dieser stille Friedhof besaß einen eigenen, morbiden Zauber dem man sich schwer entziehen konnte.
Dazu trug natürlich neben dem grauen Himmel der immer noch herabfallende Regen bei.
Rechts neben dem seltsamen Glockenturm, besser gesagt Glockenträgergebäude, denn Turm konnte man das beim bestem Willen nicht nennen, führte eine schmale, fast zugewucherte weil anscheinend nie benutzte Treppe einige Meter von der Warft hinunter.
Und hier unten im Halbdunkel der riesigen uralten Buchen und Eichen entdeckte Schrader ebenfalls fast zugewachsen mehrere schlichte Steintafeln, die in Reih und Glied gelegt zeigten, wer dort begraben war.
Es handelte sich eindeutig um Soldatengräber!
Die erste Tafel gehörte zu einem älteren im Jahre 1914 an Typhus verstorbenen Soldaten der Seewehr aus Esens in Ostfriesland.
Die Zweite zu einem sehr jungen Matrosenartilleristen aus Emden, bei einem Unfall im Jahre 1915 ums Leben gekommen.
Die dritte Tafel betraf einen Signalgefreiten von S.M. Torpedoboot G 31, 1916 in der Nordsee ertrunken.
Aber die vierte und letzte war die interessanteste!
Schrader mußte es erst zweimal lesen, bevor er sich die Daten notieren konnte.
Torpedoobermaat der Reserve Carl Wüppels S.M.S.„Friedrich der Grosse", verstorben bei Bohnenburg infolge Unfalles am 2.November 1918.

Es passte alles!
Das Schiff war das gleiche wie das des Leutnant zur See Kerner, das Todesdatum, Anfang November passte auch, ebenfalls die vage als Unfall bezeichnete Todesursache, vor Allem aber deutete der Ort Bohnenburg auf die Richtigkeit seiner Theorie hin.
War *das* hier der dritte Mann den er suchte – wohlmöglich ein Doppelmörder?
Einen schlüssigen Beweis jedoch hatte Schrader immer noch nicht in der Hand, allenfalls stichhaltige Indizien. Und die aktuelle Frage war noch vollkommen ungeklärt: Was genau war in der Kiste gewesen und in wessen Besitz befand sich der Inhalt heute?
Vollkommen groggy war Schrader nachmittags zurück von der Fahrradtour an Bord seiner „Udel“ erst einmal in die mollige Koje geschlüpft und auch fast sofort eingeschlafen, nicht jedoch ohne kurz zuvor noch einen klitzekleinen Gedanken an die Frau mit den langen dunklen Haaren zu verlieren. Die wollte doch partout nicht aus seinem Kopf verschwinden.
Gegen Abend stand er auf und spendierte sich beim Italiener eine überdimensionale Pizza Salami und ein Bier. Gerade als er bezahlen wollte, stand unvermittelt Helene vor ihm. Sie trug enge Blue-Jeans, eine grobmaschige Strickjacke und halbhohe Wildlederstiefel und sah einfach unglaublich aus.
Schrader sprang auf, bot ihr einen Platz an und bestellte zwei Cappuccino.

Helene erzählte, daß sie ihn morgens überall im Ort gesucht hatte um ihm vorzuschlagen, bei dem Sauwetter mit ihr das Meeresmuseum in Wilhelmshaven zu besuchen. Daraus war ja nun leider nichts geworden. Ob ihn das überhaupt interessieren würde.

Fast hätte Schrader geantwortet, daß wenn es sein müßte, er mit ihr auch in eine szenische Dadaisten Lesung oder zur Vernissage gesellschaftskritischer Installationen eines chinesischen Exil-Künstlers gegangen wäre.

Eigentlich war es ihm scheiß egal wohin! Hauptsache irgendwohin mit ihr und in der Tat mußte er sich unumwunden eingestehen daß er sich ein bißchen verknallt hatte!

Wie konnte das nur passieren? Und ausgerechnet ihm, dem abgeklärten, abgebrühten Zyniker mit den altmodischen Ansichten?

Schrader begann ihr blumig zu erklären, daß er Meeresmuseen und vor allem Aquarien mit der bunten Artenvielfalt und so weiter lieben würde, besann sich dann aber doch rechtzeitig, mußte lachen und ließ den Quatsch. Dann verfiel er wieder in einen normalen Umgangston.

Diese Frau machte ihn einfach verrückt.

Und er wußte, daß sie das wußte.

Als sie nach ihrer Tasse griff, nahm Schrader wahr, daß Helene keinen Ring, besser gesagt keinen Ehering an ihrer Hand trug.

Sie hatte seinen Blick aufgefangen. Natürlich hatte sie ihn aufgefangen! Sein Blick hatte sich ja förmlich in ihren Ringfinger gebohrt.
„Vor vier Jahren geschieden, das wollten sie doch wissen, nicht wahr"? beantwortete sie seine Frage, ohne daß er sie gestellt hatte.
Gedankenleserin war sie auch noch!
Er nickte nur verlegen.
Und verdammt noch mal, in Wahrheit interessierte es ihn natürlich brennend, ob da noch irgendwo ein Kerl in ihrem Leben herumschwirrte.
Schrader ahnte, was als nächstes von ihrer Seite aus kommen würde.
„Und sie, was ist mit ihnen? Verheiratet"? fragte sie auch schon.
Er befand sich nun wieder auf sicherem Boden und erzählte in knappen Worten, dabei versuchte er so emotionslos wie möglich zu bleiben, wie sang und klanglos seine Ehe nach fünfundzwanzig Jahren beim Abendessen geendet hatte.
„Das wäre also geklärt", stellte sie sachlich fest, lachte aber dabei.
Was in aller Welt bedeutete das nun wieder? Wieso mußte überhaupt etwas geklärt werden?
„Was haben sie eigentlich in ihrem früheren Leben, bevor sie zu den „boatpeople" gestoßen sind beruflich gemacht, oder arbeiten sie von Bord aus vielleicht als berühmter Schriftsteller oder Maler inkognito"? wollte

Helene wissen und sah ihn dabei, den Kopf entspannt auf die Hand gestützt an.
Peng, da hatte sie ihn wieder eingeholt, seine berufliche Vergangenheit!
Doch diesmal wartete sie seine Antwort gar nicht erst ab.
„Nein, verraten sie es nicht.
Schriftsteller oder Künstler kommt gar nicht in Frage, ich tippe mal auf – Justizbeamter oder Gerichtsvollzieher“, riet sie.
Schrader war erstaunt und sogar ein bißchen in seiner männlichen Ehre gekränkt. Weshalb sollte denn Schriftsteller nicht möglich sein? Machte er einen so wenig intellektuellen Eindruck?
„Na besten Dank für den Justizbeamten oder den Gerichtsvollzieher! Sehe ich denn so dröge und verstaubt aus“? gab er zurück.
Helene kicherte. „Dröge ist gut! Nein natürlich sehen sie nicht verstaubt aus, aber sie wirken wie ein Mann, der sein Leben lang für Ordnung gesorgt hat, allerdings“, sie machte eine Pause, „allerdings ist bei ihnen noch etwas anderes zu spüren, und zwar eine Haltung die ich persönlich gut kenne. Ich nenne sie mal dienstlich bedingte Desillusion“.
Schrader verstand nicht recht. Eben noch war er als dröger Verwaltungsbeamter durchgegangen nun war er desillusioniert. Es wurde ja immer schlimmer!
Helene schaute ihn jetzt länger, fast prüfend an. Dann

sagte sie, aber es war eigentlich mehr eine Feststellung: „Polizist, - sie waren Polizeibeamter, habe ich recht“? Er wollte natürlich sofort wissen, woraus sie das geschlossen hatte.
Helene jedoch bestellte beim Kellner anstatt eine Antwort zu geben, zwei doppelte Grappa.
„Aha, jetzt kommt die Einleitung zum eleganten Abgang“, dachte Schrader enttäuscht.
Polizisten gehörten anscheinend nicht zu ihrer bevorzugten Lieblingszielgruppe bei Männern.
Es trat eine seltsam schweigsame Pause ein und er fragte sich, warum sie ihn mit dem Abblitzen noch so lange zappeln ließ.
Beide nippten stumm an ihren Gläsern und er wartete auf das Finale. Im Grunde wäre er jetzt am liebsten einfach aufgestanden und abgehauen. Aber er blieb sitzen.
Dann gab sie sich einen Ruck und sagte unvermittelt zu ihm: „Wissen sie, ich war früher Richterin am Landgericht.
Bis zu dem Zeitpunkt, an dem ich feststellen mußte, daß eben nicht jeder vor dem Gesetz gleich ist und Täterschutz vor Opferschutz geht. Die Werte sind auf den Kopf gestellt worden und da habe ich nach und nach immer mehr das Vertrauen in das System verloren.
Darüber hinaus der ständig wachsende politische Druck vom Präsidenten und aus den politischen Etagen. Von wegen Richter sind in ihrer Entscheidung unabhängig! Und die in unserem Staat so hoch gehaltene Gerechtig-

keit, für die ich idealistisches Dummchen mal angetreten bin, ist still und leise auf der Strecke geblieben! Um ehrlich zu sein - es wurde einfach unerträglich.
Und dann war ich an einem Punkt angekommen, wo ich nicht mehr weitermachen konnte wie bisher. Da habe ich schließlich die Konsequenzen gezogen und bin aus diesem Beruf ausgestiegen.
So bin ich hier in meinem kleinen Häuschen im Nirgendwo gelandet.
Und als ich hörte, daß auch sie so eine Art Aussteiger sind, hat mich das natürlich brennend interessiert".
Schrader war ziemlich baff und hatte alles erwartet, nur nicht irgendwann mit einer äußerst attraktiven, wenn auch frustrierten ex-Richterin in einem friesischen Dorf beim Grappa zu landen.
Der grienende Kellner schlurfte schon wieder eilfertig herbei, ob es noch was sein dürfte. „Due Grappa vielleicht die Herrschaften"?
Schrader war wegen dieser frechen Störung echt ungehalten und wollte gerade loslegen den Kellner rundzumachen, als Helene schlicht dazwischenfunkte, ihr Portemonnaie zückte und sagte: „Nein danke, zahlen bitte, - aber alles zusammen".
Und zu Schrader gewandt meinte sie: „Mein lieber Stefan, du hast doch bestimmt noch ein paar hochprozentige Getränke an Bord. Jeder gute Seemann hat etwas zu trinken auf seinem Schiff, nicht wahr?
Zum Beispiel wenn Damenbesuch zu erwarten ist. So

habe ich das jedenfalls mal gehört".
Sie kicherte.
Er glaubte gerade nicht richtig verstanden zu haben. Sie hatte ihn „mein lieber Stefan" genannt!
„Nur jungen Genever", antwortete er fast entschuldigend und zuckte mit den Schultern.
„Oh, jungen Genever habe ich am allerliebsten", schwärmte Helene fröhlich, stand auf und zog sich ihre Strickjacke an.

Beim Aufwachen schwirrte Schrader der wunderbare Traum, den er gehabt hatte, immer noch im Kopf herum und er beschloss, sich genüßlich in der Koje umdrehen, um ein wenig in dieser sanften Erinnerung zu schwelgen.
Er rollte sich auf die andere Seite und erkannte schlagartig, daß es gar kein Traum, sondern absolute Realität gewesen war.
Neben ihm in der Koje lag Helene!
Sie trug sein uraltes ausgewaschenes Rolling-Stone T-Shirt.
Das mit Micks ausgestreckter roter Riesenzunge.
Sie schaute ihn von der Seite an.
„Na Stefan, bist du jetzt geschockt oder eher enttäuscht? Oder denkst du an den Titel „Laß die Morgensonne endlich untergehen"?
Natürlich kannte Schrader noch das schräge Musikstück des dicken Sängers Willem aus den siebziger Jah-

ren, in dem morgens ein erschrockener junger Mann neben einer ihm unbekannten und leider nicht ganz so ansehnlichen Dame, die der Sänger im Lied „Zahn an deiner Seite“ betitelt hatte, aufwacht um dann allerschnellstens das Weite zu suchen.
„Ganz im Gegenteil Frau Richterin a.D.“, antwortete er.
„Ich für meinen Teil halte es da lieber mit Götz George im Film „SCHTONK“. Mit dem Satz den er zu Christiane Hörbiger sagte.
„Und wie lautete der“, wollte Helene wissen.
Schrader lachte.
„Auch der Herbst hat noch schöne warme Tage“!
„Was will man mehr“?
„Frühstück vielleicht“? bemerkte Helene.
„Pragmatisch ist sie ja“, - ging es ihm durch den Kopf.
„Und nicht nur das“!
„Natürlich fragst du dich, ob das immer so schnell bei mir mit Männern geht, habe ich recht“? stellte Helene direkt und unverblümt fest.
In der Tat hatte er Angst, seine Antwort könnte von ihr falsch aufgefasst werden und sie vielleicht kränken.
Das wollte er nun auf gar keinen Fall.
Sie machte es ihm jedoch einfach.
„Sei unbesorgt, ich habe vom ersten Moment an gespürt, daß wir sehr ähnlich ticken.
Gleich und Gleich zieht sich eben an, das ist ein Naturgesetz.

Und wenn es nun mal auf Anhieb passt, dann passt es eben. Warum also noch lange warten? Und auf vor allem auf was?
In unserem Alter mein lieber Stefan, hat man wirklich genug Erfahrungen sammeln können um zu wissen, wie der Hase läuft.
Unser Leben dauert nicht ewig. Da ist Zeit Gold wert und wir haben keine Sekunde mehr davon zu verschenken".
Da hatte die Frau im Mick Jagger T-Shirt verdammt noch mal Recht!
„Außerdem", - jetzt lächelte sie mit dem unbekümmerten Lächeln eines jungen Mädchens – „habe ich dich wirklich gerne"!

Kaum hatten beide am Salontisch Platz genommen und sich Kaffee eingeschenkt, klingelte zu Schraders Erstaunen, daß sein Handy überhaupt Empfang hatte, das Mobiltelefon.
Am anderen Ende meldete sich das gut gelaunte Computergenie Sven aus der KTU.
Eigentlich stand Schrader jetzt nun wirklich nicht der Sinn nach Ermittlungsergebnissen welcher Art auch immer. Nicht nach solch einer Nacht!
Vielleicht sollte er überhaupt die Finger von der Skelettsache lassen. Was ging ihn das Ganze eigentlich an? Er war pensioniert!

Aber Sven lachte nur und erklärte ihm: „Ich habe einen Kumpel im Bundesarchiv, den kenne ich noch vom Informatikstudium her. Er ist in seinem Job leider am Arsch der Welt gelandet und ich glücklicherweise in Happy Hamburg.
Der Kollege hat zwar von Schifffahrt und Marine keinerlei Kenne, mailte mich aber vorhin an.
Ist durch meine Anfrage neugierig geworden war und hat sich mal gezielt mit den vorhandenen Marineakten und Kriegstagebüchern betreffs der Hochseeflotte für den Zeitraum Oktober/November 1918, besonders aber mit den Geheimunterlagen des Reichsmarineamtes während der Revolution beschäftigt.
Die sind jedoch größtenteils noch gar nicht digitalisiert worden und erst in zwei Jahren dran.
Trotzdem BINGO“!
„Wie jetzt Bingo“? fragte Schrader nach, „bedeutet was“?
„Schicke dir gleich eine Mail mit dem Ergebnis rüber“, kündigte Sven an.
„Stop mein Sohn, nicht so eilig“, bremste ihn der ehemalige Beamte aus.
„Erzähl es mir besser vorher am Telefon, denn wann ich hier jemals deine Email bekomme, steht bei dem miesen Empfang über Stick in den Sternen“.
„Du hast kein W-LAN“? wollte der Computerfreak erstaunt wissen. „Hat doch heutzutage jeder“!
Da war es wieder!

NEIN und nochmals NEIN – W-LAN hatte Schrader nicht, beziehungsweise schon gar keine Lust zu lernen, wie man sich bei irgendjemandem „free“ einloggte.
Er traute nun mal dieser ganzen modernen digitalen Technik nicht und schon gar keiner, die angeblich „free“ also kostenlos sein sollte.
Die Welt war keine Scheibe und schon gar nichts auf der Welt war kostenlos!
„Ok Chef“, fing Sven an, – „es existiert ein Schreiben mit Datum vom 30.Oktober 1918 das als Absender „Staatssekretär Reichsmarineamt“, von Capelle, Großadmiral - trägt.
Darin geht es um ein streng geheimes Unternehmen Tarnname „Waldfrieden“, das in der Nacht vom 1. auf den 2. November 1918 von einigen Schiffen der Hochseeflotte aus durchgeführt werden sollte.
Zweck: Sicherung und Auslagerung von Wertgut vor eventuellen Plünderungen durch Revolutionäre Elemente auf den großen Schlachtkreuzern.
Das betraf – ich zitiere mal:
sowohl S.M.S Baden, Admiral Hippers neues Flaggschiff, als auch S.M.S Seydlitz, S.M.S Kronprinz, S.M.S Friedrich der Große sowie S.M. Unterseekreuzer UB 22.
Alle bis auf das U-Boot Riesenklötze aus Stahl“.
Schrader pfiff durch die Zähne.
„Friedrich der Große“ war auch dabei – Leutnant Kerners Schiff also!

„Wird noch besser“, ließ Sven sich wieder hören.
„In dem Befehl ist davon die Rede, daß pro aufgelistetem Schiff jeweils ein Offizier mit zwei zuverlässigen Männern die Wertgegenstände per Motorbarkasse zu einem nördlich bei der Insel Wangerooge wartenden Torpedoboot bringen sollte.
Und hier steht noch etwas über besondere Lichtsignale und ein Kennwort“.
Schrader hakte nach: „Welcher Art waren denn nun die Wertsachen, die in Sicherheit gebracht werden sollten, ist davon etwas vermerkt“?
„ Im Befehl offiziell nichts – aber mein Kumpel“ – Sven kicherte – „hat noch eine andere Quelle im Archiv des Finanzministeriums angezapft und da „Mon Commandant“ ist die Rede von Gold in Form von 20 Reichsmarkstücken.
Wurde aus Sicherheitsgründen von Land aus zeitweise an Bord einiger Großkampfschiffe ausgelagert“!
Schrader wollte gar nicht wissen, was der Kumpel von Sven unter „Anzapfen“ verstanden hatte. Gut möglich, dass das illegal war.
Ja, ganz sicher war das illegal!
Der Computerfachmann quasselte schon wieder weiter.
„Habe mal verschieden Beispiele durch den Rechner geschickt.
Die Reichsbank hat üblicherweise immer 100 Stück der Goldmünzen zu jeweils 20 Reichsmark in verzinnten Blechdosen eingelötet und plombiert.

Nehmen wir bei der Transportkiste eine ungefähre Größe von 5o cm x 50 cm x 40 cm an – man mußte sie ja auch noch tragen können, so passen da ungefähr 30 von diesen Dosen hinein. Das sind dann nach Adam Riese 3000 Stück 20 Goldmarkmünzen.
Heutiger Wert richtet sich nach dem Tagesgoldpreis aber auch und nicht unerheblich nach dem Sammlerwert, dem Erhaltungszustand, Prägedatum und Münzstätte.
Da bringt so eine zwanzig Mark Goldmünze heute leicht über 380 Euro.
Eine einzige!
Das macht dann zusammen gut an die 1,2 bis 1,5 Millionen Euro.
Und ich bin bei meiner Berechnung nur von deutschen 20 Markstücken in Gold ausgegangen weil das damals gängiges Zahlungsmittel war.
Richtig teuer wird es, wenn wir zum Beispiel amerikanische Liberty oder Indian Head, Britische Victoria Gold Sovereigns oder Österreichische Goldkronen als Berechnungsgrundlage nehmen.
Hier sprechen wir dann von einem Wert von um die eintausend Euro das Stück! Oder auch noch mehr.
Ob so etwas dabei war, kann ich natürlich nicht definitiv sagen, aber möglich wäre es schon, denn ausländische Golddevisen besaß die Reichsbank natürlich auch.
D a s ist doch nun wohl der Fund des Tages“, triumphierte Sven. „Mußt du zugeben Chef“!

Dem hatte Schrader nichts hinzuzufügen, bedankte sich und drückte die rote Taste.
Der Akku war sowieso fast leer.
Jetzt also hatten zumindest schon mal zwei der Toten wieder einen Namen und es galt, wenn das nach so langer Zeit überhaupt noch möglich war herauszufinden, was damals passiert war.
Das W a r u m stand nun außer Zweifel!
Es ging um Geld und Gold.
„Eigentlich wie immer und überall", dachte Schrader.
Helene hatte die ganze Zeit über still dagesessen. Er spürte jedoch, daß er ihr eine Erklärung schuldig war.
Dieser Frau konnte man nichts vormachen.
Aber sie kam ihm zuvor: „Hattest du nicht gesagt, daß du im Ruhestand bist", fragte sie scheinheilig und nippte an ihrer Tasse.
„Ich war ja gezwungen, dem Telefonat zu lauschen und das hörte sich dann doch eher wie eine laufende Ermittlung an mein lieber Stefan. Was um alles in der Welt läuft denn da"?
Schrader seufzte.
Sollte er sie mit Einzelheiten belasten?
Aber Helene war wohl besser nicht die Frau, die man als Dummchen behandeln durfte.
Daher schenkte er Kaffee nach und sagte: Ok, wenn du Zeit hast und es dich interessiert, erzähle ich dir mal eine ziemlich seltsame Geschichte".
Und ob sie Zeit hatte!

Als er geendet hatte, stand Helene vom Sofa im Logis auf und sagte: „Nach dem ganzen Rumgesitze heute vormittag könnten wir uns doch mal etwas Bewegung verschaffen und am Schiff arbeiten, vielleicht mal saubermachen“.
Schon war sie an Deck geklettert, hatte sich die Schuhe ausgezogen und die Hosenbeine hochgekrempelt. Dann schnappte sie sich die leere Schlagpütz und schöpfte aus dem Hafen Wasser, das sie auf dem ganzen Teakdeck verteilte.
Schrader stöhnte.
Es gab ja vieles, was er jetzt gemacht hätte, aber Reinschiff gehörte im Augenblick definitiv nicht dazu.
Oben war der Schrubber zu hören, mit dem sie nun das Holz bearbeitete.
Das ging dann geschlagene zwei Stunden so weiter.
Natürlich auch unter Deck, denn dort – so Helene – mußte mal gründlich aufgeräumt und geputzt werden.
„Hoffentlich ist das keine Frau mit Putzfimmel“, ging es ihm durch den Kopf.
„Das mußt du doch aber nicht machen“, rief er leicht gequält hinunter als er sah, wie sie den Kajütboden aufwischte. Ihm war das langsam unangenehm sie hier so ackern zu sehen und er stand nur blöde rum.
Aber zwei Putzwütige unter Deck hielt das Schiffchen nun mal nicht aus. Dafür war es zu eng.
„Laß man Kapitän, das soll auch nicht zur Gewohnheit

werden, aber ich mache das gerne für dich“, kam von unten die Antwort.
„Denn hin und wieder möchte ich gerne von dem netten Eigner dieses Schiffes eine spannende Gute-Nacht-Geschichte erzählt bekommen“.
Dabei schaute sie zu ihm hoch und lachte.
Das hörte sich verdammt vielversprechend an und er nahm sich augenblicklich vor, ab jetzt alles blitzblank in Schuß zu halten.

Schließlich hatte sie sich ausgetobt und das Ergebnis erstaunte den Skipper dann doch.
Unglaublich, wie sein Dampfer jetzt aussah.
Kein schmutziges Geschirr mehr in der Spüle, keine Jacken, Handtücher und Socken mehr wild durcheinander im ganzen Salon verteilt und auf dem Klapptisch, der bei ihm vorher nur für Seekartenarbeit, Messer schleifen oder maximal den Verzehr von Spiegeleiern vorgesehen war, auch gerne alles auf einmal, hatte Helene für einen gemeinsamen Imbiss eingedeckt. So richtig mit Tellern und Tassen und Besteck. Sauberem Besteck.
„Ich weiß ja, daß einsame Seewölfe im Allgemeinen keinen Wert auf solche Trivialitäten legen, aber das mußte mal sein“, meinte sie etwas aus der Puste.
Zu Schraders Leidwesen brach Helene nach dem Essen auf und verabschiedete sich mit den Worten: „Ermittel noch schön“, von ihm.

Es war ein wunderbarer Tag gewesen und er hätte sie gerne noch länger dabehalten.
Dann setzte er sich an den jetzt ungewöhnlich sauberen Tisch in seinem ungewöhnlich sauberen Schiff und konzentrierte sich auf die Ergebnisse der Kriminaltechnik.

Am nächsten Tag schien endlich wieder die Sonne und er rief Dietrich gegen elf Uhr an und fragte ihn, ob er Lust auf eine kleine Segelpartie auf dem Hooksmeer hätte.
Keine Frage, der Feuerwehrmann erschien eine Stunde später mit zwei grünfarbigen Sixpacks als Wegzehrung.
„Wie das Land so die Leute", dachte Schrader, obwohl der Werbeslogan der großen friesischen Brauerei natürlich etwas anders lautete.
Bei westlichem Wind konnten sie fast ohne die Segel umschiften zu müssen die ganze ungeheure Strecke von vier Kilometern auf dem See abfahren und gingen in der kleinen Bucht, nicht weit von der Schleuseneinfahrt entfernt vor Anker.
„Prost", sagte Schrader und klärte Dietrich erst einmal über seine eigene Vorgeschichte in Hamburg auf und weshalb er alleine mit dem Boot unterwegs war.
Die Sache mit Helene deutete er allerdings nur an.
Dann ließ er die Katze ganz aus dem Sack und erzählte seinem staunenden Kumpel in allen Details, was er bisher über die beiden Toten in Erfahrung gebracht hatte.

Am Abend des 1. November 1918 waren der Leutnant zur See Hans Kerner, der Torpedoobermaat Carl Wüppels und ein weiterer Seemann befehlsgemäß von Bord des Schlachtschiffes „Friedrich der Große“ mit einem Motorboot abgefahren.
Ihr Auftrag: Eine Kiste mit Goldmünzen zu einem Torpedoboot bei Wangerooge und in Sicherheit zu bringen.
Aus einer unbekannten Ursache, vielleicht waren es einfach Probleme mit dem Motor gewesen oder es kam möglicherweise zu Streitigkeiten unter den Männern, änderten sie den Kurs und setzten das Boot unbemerkt in der Nacht zum 2. November bei Flut auf den Sand vor Hooksiel.
Den wirklichen Grund würde man wohl nie mehr erfahren können.
Was dann passierte war nur eine These, wenn auch eine stichhaltige.
Die drei Soldaten hatten das Boot verlassen, die Kiste mit dem Gold an Land gebracht und in der Folge der Ereignisse erschoss der Obermaat Wüppels den Leutnant, also seinen Vorgesetzten und den anderen Seemann aus nächster Nähe mit einer 08. Das war ganz klar Mord! Und sehr wahrscheinlich ein Mord aus Habgier. Da Wüppels nicht viel Zeit blieb, verscharrte er die beiden Leichen so gut es eben ging im Sand. Natürlich ebenso die schwere Kiste, denn die konnte er beim besten Willen nicht mit sich rumschleppen. Sicher

wollte er, möglicherweise wenn sich die Revolution etwas beruhigt hatte und der Krieg beendet war wiederkommen um den Schatz in aller Ruhe zu bergen.
In der Folge machte sich der Doppelmörder zu Fuß auf den Weg ins Binnenland denn er mußte ja schnellstens aus der Gegend verschwinden.
Womit er jedoch nicht gerechnet hatte war die Tatsache, daß ständig Patrouillen die gesamte Küste und das Hinterland durchstreiften. Es herrschte immerhin noch Kriegszustand und der gesamte Landstrich gehörte zum Festungsbereich Wilhelmshaven.
Und so lief er am 2.November bei dem Dorf Bohnenburg einer Militärstreife direkt in die Arme. Dann unternahm er, sicher weil er keinen Passierschein und ebenso wenig einen Marschbefehl besaß, also als Deserteur galt, einen Fluchtversuch bei dem er gestellt und erschossen wurde.
So hatte Wüppels das Geheimnis um die beiden Toten und die vergrabene Kiste mit ins Grab genommen.
Jahrzehnte später in den sechziger und siebziger Jahren wurde dann im Rahmen der Neugestaltung der Küstenlinie der gesamte Bereich vor dem alten Deich samt dem Grab mit Tonnen von Sand aufgespült und niemand hätte jemals etwas von dem Gold und den beiden Toten erfahren," – „wenn nicht Onno dort herum gebaggert hätte", vollendete Dietrich den Satz.
„So ist es", bestätigte Schrader und nahm einen großen Schluck aus der Flasche.

Nun aber passierte etwas Groteskes. Abends in der Dunkelheit hatte Onno einen Fehler gemacht und die Grube fast zum Einsturz gebracht.
Dabei war durch ihn das Grab unabsichtlich geöffnet worden.
Nachdem der Baggerfahrer verschwunden war, mußte jemand noch in der Nacht zufällig die Gebeine, vor allem aber die Dosen entdeckt haben, denn dieser jemand hat eine von ihnen an Ort und Stelle geöffnet, daher der frisch durchschnittene Plombendraht und dann kurzerhand das ganze Gold abtransportiert.
„Uff", machte Dietrich. „Dat´n Ding! Aber dann ermittelst du doch in dieser Sache"!
„Na ja, irgendwie schon", antwortete der pensionierte Beamte.
„Man kann doch so einen Doppelmord nicht einfach ignorieren. Außerdem stellt sich die Frage: Wer stromert hier nachts durch die Gegend und ist jetzt im Besitz des Goldes? Es geht immerhin um einen munteren Wert von mindestens einer Million Euro, vielleicht auch um viel, viel mehr"!
Das Bier war alle, sie lichteten den Anker und Schrader fiel die Professionalität auf, mit der der Feuerwehrmann an Deck herumhantierte.
Seemann blieb eben Seemann!
Dann segelten sie in den Alten Hafen zurück.

Schrader hatte nach dem Frühstück, das er zu seinem Leidwesen auch an diesem Morgen ohne Helene, die für einen Tag nach Osnabrück gefahren war, verbringen mußte, gerade eine Zigarette angezündet, als er den alten, roten T5 Bulli der Freiwilligen Feuerwehr über das Kopfsteinpflaster vor dem Packhaus holpern sah. Beim Fahnenmast hielt der Wagen schlitternd an und Dietrich sprang wild winkend heraus.
Sofort mitkommen hieß das wohl und nach weniger als zwei Minuten saß der Ex-Polizist neben dem Hooksieler Feuerwehrhauptmann im Auto.
Dietrich wendete und bretterte los, allerdings seltsamerweise ohne Blaulicht und Martinshorn.
Ein Feueralarm war das wohl nicht!
„Warum zum Teufel, schaltest du denn das Signal nicht ein“? mokierte sich Schrader.
„Nicht nötig“, murmelte Dietrich.
„Wenn du so weiterfährst, können uns deine Kameraden bald von den Bäumen abkratzen“, meinte Schrader und hielt sich krampfhaft am Türgriff fest, als der Wagen quietschend in die Linkskurve beim Busbahnhof schlingerte.
„Was ist überhaupt los, verdammt noch mal“?
Dietrich schaltete krachend einen Gang herunter und trat nach der nächsten Kurve wieder aufs Gas.
„Wir fahren zu Dr. Schmidt“, lautete seine magere Erklärung.

Schrader schaute verständnislos zum Mann am Lenkrad rüber.
„Was um Himmels Willen wollen wir denn bei dem"? wollte er wissen.
Dietrich erklärte in Kurzform, was geschehen war.
Um acht Uhr in der Frühe hatte Anja, die Sprechstundenhilfe des Arztes wie immer die Praxis aufgeschlossen und wollte eben mit ihrer Arbeit beginnen, als sie aus dem Ordinationsraum lautes Stöhnen vernahm. Dort fand sie ihren Chef zusammengekrümmt auf seiner eigenen Behandlungsliege und er sah verdammt schlecht aus, so schlecht, daß die junge Dame erschreckt aufschrie.
„Keine Polizei Anja", flüsterte ihr Chef nur, „bitte keine Polizei"!
Trotzdem hatte sie das unternommen, was man in einem solchen Fall unternehmen muß. Sie hatte die Feuerwehr angerufen und natürlich sofort Dietrich an der Strippe gehabt.
Denn Dietrich war ja die Feuerwehr!
Daher der Alarmstart, aber ohne Blaulicht, denn hier stimmte etwas nicht.
Das ausgeblichene rote Auto mit der großen weißen 112 an der Seite wurde von seinem Fahrzeuglenker mit Höchstgeschwindigkeit über die Hooksieler Straßen gequält, wobei Schrader bisher mindestens zwölf Verstöße gegen die Straßenverkehrsordnung registriert hatte und bremste jetzt knirschend auf dem Kies vor der noblen

Praxis, die gleichzeitig auch das Wohnhaus des Doktors war.
Da staunte Schrader nicht schlecht!
Hier hatte sich anscheinend bei der Bauplanung ein zugekokster Stardesigner oder durchgeknallter NASA-Architekt ausgetobt. Alles war sachlich, schnurgerade und hypermodern gehalten.
Kalte, spacige, aber gewollt stylisch angerostete Stahlträger und braungetönte, undurchsichtige Glasfronten ragten aus der Waschbetonfassade.
Dieser Stil hätte selbst den seinerzeit so fortschrittlichen Bauhausleuten wie Walter Gropius oder Marcel Breuer die Tränen in die Augen getrieben. Dagegen wirkten ihre modernen und gut durchdachten Entwürfe wie billige Plastik Reproduktionen der Firma Faller auf einer H0-Modelleisenbahnanlage.
Das Ganze hier machte mehr den Eindruck einer computergesteuerten Tierkörperverwertungsanstalt und weniger den einer soliden Hausarztpraxis auf dem Lande.
Welcher Patient wollte denn in solch einem Atombunker medizinisch behandelt werden?
Vor einer silberglänzenden Designergarage aus Wellblech, die von in Chromkübeln eingepflanzten, kugelrund geschnittenen Taxusbüschen umstellt war, parkten der grüne Pickup und ein eleganter, silbergrauer Jaguar XJ.
Der Clou dieses avantgardistischen Gesamtkunst-

werkes jedoch war eine monströse, mindestens vier Meter hohe rechteckige Säule aus poliertem Granit, die im Garten aus dem Grün des kurz geschnittenen Rasens herausragte. Laut einer in englischer und deutscher Sprache gehaltenen Tafel zwecks Erklärung für nichteingeweihte Kunstliebhaber, sollte das eine Tangotänzerin darstellen.

Kunst am Bau eben.

„Nicht schlecht Herr Specht! Lebt ja auf großem Fuß der Herr Doktor. Und das von Kassenpatienten trotz Kostendämpfungsgesetz! Man hätte Mediziner werden müssen“, dachte Schrader.

Dietrich und er sprangen, als der Wagen zum Stehen gekommen war fast gleichzeitig aus dem Auto und drückten auf die Klingel unter dem eloxierten Metallschild mit der Aufschrift: Dr.med Dr. rer.nat Eberhard Schmidt – Hausärztlicher Dienst –Alle Kassen.

Die völlig aufgelöste Sprechstundenhilfe öffnete sofort und ließ beide Männer herein.

Alles, wirklich alles war in weiß gehalten und über dem Anmeldungstresen leuchteten in die Decke integrierte, blaue LED Lampen. Selbstverständlich waren die Wände mit wilder, abstrakter Kunst zugeballert.

Man zeigte was man hat!

Drinnen sah es genauso aus wie draußen.

Kalt und ungemütlich.

Aber das war anscheinend Geschmackssache.

Die beiden Männer folgten der jungen Frau, die vor

ihnen die Tür zum Behandlungsraum aufschob.
„Er will keine Polizei im Haus haben“, erklärte Anja ängstlich. „Ich weiß auch nicht, was passiert ist“.
Der Doppeldoktor sah in der Tat richtig scheiße aus, wie Schrader auf den ersten Blick feststellen konnte. Schmidt lag stöhnend auf der Metallliege.
Seine Unterlippe war aufgeplatzt, das linke Auge fast vollkommen zugeschwollen, auf der linken Wange klaffte ein blutender Riß und die Nase war ein einziger, schiefer Trümmerhaufen.
Der Mann im weißen Kittel erschrak beim Eintreten der beiden, erkannte dann aber Dietrich und seinen Begleiter und versuchte sich mühsam aufzurichten.
„Was ist denn hier los“? fragte Schrader mißtrauisch.
„Nichts meine Herren, kleiner Unfall“, nuschelte der Doktor und versuchte dabei ein schiefes Lächeln aufzusetzen, was ihm jedoch bei der verbeulten Physionomie nicht gerade überzeugend gelang.
Die schnelle Bewegung war wohl nicht so gut gewesen, denn er stöhnte jetzt vor Schmerz.
Anscheinend hatten auch seine Rippen etwas abbekommen.
„Ah ja, schätze Treppe runtergefallen“? konstatierte der Feuerwehrhauptmann trocken.
„Was kann ich denn für sie tun meine Herren“? fragte der Arzt so verbindlich, wie es ihm möglich war.
Schrader platzte der Kragen.
„Jetzt wollen wir mal Tacheles reden Herr Doktor

Schmidt; nochmal, was ist hier los“?
Der Mediziner war fertig, das war augenscheinlich. Fix und fertig. Und er hatte Angst. Sogar eine fürchterliche Angst!
Mühsam setzte er sich weiter auf und stierte durch die Gegend.
Endlich hatte er sich durchgerungen und packte aus.
„In Ordnung meine Herren, ich muß ihnen etwas erzählen aber lassen sie die Polizei aus dem Spiel“.
Das konnte ihm Schrader natürlich nicht versprechen, hielt aber den Mund.
Dr. Schmidt begann mit seiner Ausführung am späten Abend jenes Tages, als Baggerfahrer Onno eben aufgehört hatte, die Grube beim Tennisplatz auszuheben.
Schmidt wollte im Bereich des Schlafdeiches noch Kaninchen bejagen.
Im letzten Büchsenlicht hatte er ein Tier geschossen und Bosco, sein Münsterländer war davon gestoben, um seinem Herrn das Wild zu apportieren. Dummerweise hatte Bosco jedoch kein erlegtes Karnickel zurückgebracht, sondern sich in einen großen Knochen verliebt, den er dem Waidmann anstatt Meister Lampe stolz vor die Füße legte.
Als Mediziner hatte Schmidt bei näherer Betrachtung natürlich sofort erkannt, daß es sich hierbei um einen menschlichen Oberschenkelknochen handelte.
Bei der anschließenden Nachsuche führte ihn sein Hund dann schnurstracks zu dem halb geöffneten Grab und

im Schein seiner Taschenlampe hatte der Doktor dann neben den Überresten der Toten in den zerfallenen Fragmenten einer Transportkiste die Blechdosen gefunden, eine davon vor Ort geöffnet – daher die frisch aufgeschnittenen Plombe – und so das Gold entdeckt.

„Waidmannsdank“, kommentierte Dietrich die Story.

Noch in der Nacht hatte der Doktor die fünfundvierzig Dosen abtransportiert, in der Praxis geöffnet und es Goldmünzen regnen lassen.

Schrader pfiff durch die Zähne. „Fünfundvierzig Dosen“!

Am nächsten Tag war Dr. Schmidt dann dienstlich zu dem nun offiziell von Onno dem Baggerfahrer entdeckten Grab gerufen worden und gab seine läppische Expertise über die Gebeine ab.

Danach jedoch hatte er sich in sein Auto gesetzt, war nach Bremen in die Fedelhörn gefahren, eine bekannte Straße in der Antiquitäten und Münzhändler ihre Läden hatten.

Dort wollte er den Wert einiger der Goldmünzen schätzen lassen um einen Überblick zu bekommen. Was Schmidt nämlich ganz dringend und ganz schnell brauchte, war Bargeld und davon eine Menge, denn der gute Doktor besaß eine große, menschliche Schwäche. Das Glücksspiel!

Und er schuldete einigen Herrschaften, mit denen nicht wirklich gut Kirschen essen war, einen Haufen Kohle.

Nachdem ein keine Fragen stellender Münzhändler dem Arzt für zehn zwanzig Goldmarkstücke bar cash und ohne Quittung dreitausend Euro auf den Tresen geblättert hatte, war Schmidt klar, daß er jetzt bei der enormen Menge von Goldmünzen finanziell aus dem Schneider war.
Doch dann machte der Doppeldoktor einen riesigen, nicht wieder gut zu machenden Fehler!
Er fuhr zu Boris Levtschenkos „Irina" Bar ins Steintorviertel, bezahlte großkotzig mit den Worten: „Wo das ist, ist noch viel mehr", seine Spielschulden mit Goldmünzen und setzte die restlichen, die er dabei hatte beim Backgammon.
Diesmal gewann er sogar - auf Anweisung von Boris natürlich! Aber jetzt waren schlafende Hunde geweckt, was der Doktor besser vermieden hätte.
Boris der hellwache Bube, hatte seine Chance glasklar erkannt und war gestern Abend mit seinen beiden Gorillas bei Dr. Schmidt aufgetaucht. Dessen Anschrift in Hooksiel war ihm durch den Schuldschein ja bekannt.
Boris wollte nicht nur mehr Gold – er wollte einfach alles. Er behauptete, Schmidt hätte keine Zinsen bezahlt und das sollte er jetzt mal flugs nachholen. Als der Arzt sich weigerte und auch im weiteren Verlauf des Gespräches nicht einsichtiger wurde zu erzählen wo er das Gold aufbewahren würde, drehten sie ihn durch den Wolf. Das optische Ergebnis konnte jetzt an Ort und Stelle besichtigt werden.

Schließlich war Schmidt fix und fertig und führte die Zockerbande in seine Garage, wo er ihnen die Blechkiste zeigte, in der er die Münzen verbunkert hatte.
Boris ließ seine beiden Gorillas die Kiste öffnen.
Sie war jedoch leer!
Schmidt schaute ebenfalls hinein und ihm blieb fast das Herz stehen.
Tatsächlich leer – das ganze Gold war weg!
Boris und seine beiden Mitarbeiter fackelten nicht lange, denn verarschen ließen sie sich auf keinen Fall.
Schmidt bekam noch ein paar kräftige Laschen versehen mit dem Hinweis, daß die drei Geschäftsfreunde morgen wiederkommen wollten. Wenn dann das Gold nicht da wäre, würden sie dem Mediziner gelinde gesagt den Arsch aufreißen.
Und jetzt war morgen und deshalb schlotterte der Arzt vor Angst am ganzen Körper.
„Wie blöde muß man eigentlich sein"? stellte Schrader fest.
„Solchen Leuten auch noch eine Steilvorlage zu geben"!
Dann reagierte er pragmatisch und schickte erst einmal die Sprechstundenhilfe nach Hause und Dietrich weg.
Der sollte schnellstens Verstärkung holen.
Dem Doktor verbot er ab jetzt, auch nur noch einen Ton von sich zu geben.
Schrader zündete sich eine Zigarette an, postierte sich hinter den zugezogenen Lamellen am Fenster und wartete.

Hier wäre aber Nichtraucher, ließ sich der Doppeldoktor von hinten vernehmen.
Schrader ignorierte das einfach.
Lange mußte er nicht auf seinem Beobachtungsposten ausharren.
Um halb zehn rauschte draußen auf dem Kies ein Porsche Cayenne in die Einfahrt.
Der erwartete Besuch war angekommen.
Zwei muskelbepackte Schießbudenfiguren mit dem bei ihresgleichen so beliebten drei Millimeter kurzen Boxerhaarschnitt, auf dem mittig, fast wie beim Abmähen vergessen, jeweils eine schmale, schwarze Irokesenbürste auf dem raspelkurz rasierten Schädel thronte, wälzten sich schnaufend aus dem Luxusschlitten heraus.
Die rechteckige Form und Farbe der Kopf-Fiffies erinnerten Schrader unwillkürlich an die kleinen Schuhputzschwämmchen von Erdal, die laut Werbung – „Creme und Schwamm in Einem – Überpolieren unnötig“ - die feine Dame oder der Herr zum Beispiel im Opernfoyer, anstatt einer sperrigen Schuhcremedose für alle Fälle immer griffbereit dabei haben sollte, um ihrem Schuhwerk stets den angemessenen Glanz zu verleihen.
Dann entstieg ein elegant gekleideter, geschniegelter Typ mit einem auffälligen, das Gesicht wie ein Bild einrahmenden, bleistiftdünnen Backenbart der Zuffenhausener Karosse und zupfte erst einmal seinen Maßanzug zurecht.

Bei der großen Eingangstür zur Praxis hielten sie sich gar nicht erst mit langem Geklingel auf, sondern einer der Gorillas trat einmal hart mit dem Fuß gegen das Schloß, so daß die Tür krachend nach innen aufflog.
Und schon standen die drei Herren im Haus.
„Doktorchen, wo sind sie denn"? rief der Elegante fröhlich.
„Schmiddi, zeig dich – ich bin es – Boris, dein alter Freund"!
Beim Eintritt in den Behandlungsraum sah sich Boris unerwartet einem ihm fremden Mann gegenüber.
„Who the fuck bist du denn", meinte Boris in fast astreinem Englisch.
Schrader erkannte sofort, was für Kandidaten er da vor sich hatte. Das war die allerübelste Sorte von Großstadt Ganoven. Genau wegen solchen Typen gab es in den Metropolen neuerdings sogenannte „Brennpunkte" und „No Go Aereas".
Diese Bagaluten schissen auf Gesetze und Ordnung und kannten nur ihr eigenes Recht.
„Ein Freund des Hauses", antwortete Schrader schlicht.
Man sah förmlich, wie es im Hirn des Chef-Ganoven arbeitete.
Das dauerte eine Weile und Schrader vermutete, daß auch dieser Kandidat nicht das hellste Licht am Kronleuchter war.
Trotzdem reichte das bißchen Grips anscheinend aus, um Besitzer einer Bar und Boss einer Gang zu werden,

vor allem dauerhaft zu bleiben.
Einer der beiden Kleiderschränke stand mit vollkommen ausdruckslosem Gesichtsausdruck den kompletten Türrahmen ausfüllend und versperrte dadurch diese Fluchtmöglichkeit.
Boris gab dem anderen einen Wink, worauf sich dieser schwer atmend in Bewegung setzte und auf den Doktor zuwalzte.
Dr. Dr. Schmidt rief ängstlich: „Nein oh nein, bitte nicht wieder schlagen“ und kroch auf seiner Liege noch weiter in sich zusammen.
„Ich möchte augenblicklich wissen, wo das Gold ist“, sagte Boris deutlich ungehaltener und wischte wie zur Untermalung seiner Forderung mit einem umfassenden Handstreich die auf dem Schreibtisch des Doktors vorhandenen Utensilien samt Computer und Telefon herunter. Alles landete scheppernd und splitternd auf dem Boden.
Jetzt wurde es wohl ernst!
Wo verdammt noch eins blieb denn Dietrich mit der Verstärkung?
Gegen die drei Gestalten konnte Schrader nicht viel ausrichten.
Draußen schlug ein Hund an.
„Was ist da los“, fragte Boris mißtrauisch.
„Das ist nur mein Münsterländer Bosco in seinem Zwinger“, jammerte Dr. Schmidt. „Echt der tut nichts, der ist eingesperrt“.

„Da ist doch wer“, meinte Boris und gab einem seiner Schläger einen Wink mal nachzusehen.
Wladimir kam nach kurzer Zeit zurück und meldete: „Niemand da Chef“!
Diese Aussage war definitiv falsch, wie sich herausstellen sollte.
„Na dann wollen wir jetzt mal sehen, wieviel Schmerzen unser Doktor aushalten kann“, meinte Boris und zu Schrader gewandt: „Du bleibst wo du bist oder meine Jungs machen Hackfleisch aus dir“.
Just in diesem Augenblick war ein leises, tiefes Knurren zu vernehmen.
Bosco war wohl doch nicht eingesperrt!
Aber es war gar nicht der Münsterländer, der geknurrt hatte, sondern ein riesiger graubrauner, zotteliger Wolfshund, der in der offenen Terrassentür des Nebenraumes stand und sich von außen die Gesellschaft mit großem Interesse besah.
Dieses Urtier besaß ja die Risthöhe eines mittelgroßen Shetlandponys, staunte Schrader schaudernd.
Den drei bösen Buben sträubten sich gleichzeitig die Nackenhaare. Was um alles in der Welt war denn das für ein Ungetüm?
„Macht ihn weg“, befahl Boris mit leicht überschnappender Stimme. „Verflucht, macht ihn einfach weg“!
Möglicherweise hatte er ja als kleines Kind mal schlechte Erfahrungen mit dem Dorfhund gemacht und erinnerte sich gerade daran.

Wladi wollte befehlsgemäß unter seine Jacke greifen um seine Waffe herauszuziehen.
Der große Hund schüttelte mit dem Kopf, knurrte erneut und bellte dann einmal ganz laut. Dabei wurde kurzzeitig sein ungeheures Gebiss sichtbar.
Das waren in der Tat Ehrfurcht gebietende Beißerchen mit denen niemand in Berührung kommen wollte.
Jemand rief: „Böser Mann“ und plötzlich schoß zwischen den Beinen des grauen Riesenwolfes wie ein geölter Blitz ein rot-braunes Etwas hervor, sprang dem bösen Mann ans linke Bein und biß gekonnt herzhaft zu.
Besser gesagt, das Etwas verbiß sich in seiner Wade und war nicht mehr abzuschütteln.
Der Kleiderschrank schrie erschrocken auf und schlenkerte auf einem Bein tanzend mit seinem anderen Bein, an dem ein kleiner Hund wie eine Klette hing und ums Verrecken nicht loslassen wollte, wild hin und her.
Dabei schrie er mit sich panisch überschlagender, schriller Stimme: „Weg, weg, weg“!
Boris war zuerst regelrecht paralysiert, aber dann wollte er eingreifen und seinem Kumpan helfen.
„Ich an deiner Stelle würde mich jetzt nicht bewegen“, äußerte Dietrich, der hinter dem grau-braunen Monster in der Terrassentür erschienen war. „Unter gar keinen Umständen“!
Boris erstarrte mitten in der Bewegung, Waldimir schlenkerte immer noch und der dritte im Bunde stand

regungslos wie Lots Weib im Türrahmen und glotzte.
„Plum – aus“! rief Dietrich und sofort ließ der kleine rot-braune Hund von seinem blutenden Opfer ab und kam schwanzwedelnd zu seinem Herrchen.
„Brav Plum, guter Hund“!
Wladimir saß fast heulend vor Schmerz auf dem Boden und krempelte sich das zerfetzte Hosenbein hoch.
„Alles voll Blut, das Mistvieh hat mein Bein kaputt gemacht“, jammerte der bullige Mann.
„Vielleicht hat der Hund ja die Tollwut“, ließ sich Dietrich vernehmen.
Jetzt stand Wladimir neben Schmerz auch noch Panik im Gesicht.
In der Tat, Plum hatte ganze Arbeit geleistet!
Von der Wirkung seiner Zähne würde Wladi noch eine ganze Weile zehren können!
Der Wolfshund hielt dabei die ganze Bagage in Schach.
„Waffen auf den Boden legen und schnellstens die Platte putzen“, kommandierte Schrader.
„Ich will euch hier nie mehr sehen“!
„Aber dazu muß ich mich ja bewegen“, wisperte Boris und sah zu dem Wolfshund hinüber, der seinerseits wahrscheinlich bereits bedauerte, nicht auch im direkten Einsatz gewesen zu sein.
Gewollt hätte er schon gerne!
„Tu es einfach, aber sehr, sehr langsam bitte“! meinte Dietrich.

Nachdem die drei bösen Buben unter Zurücklassung zweier kurzläufiger Revolver und eines Sprungmessers den Rückzug angetreten und ihren sicheren Wagen bestiegen hatten, konnte sich Boris nicht verkneifen den Fensterheber zu betätigen und eine dicke Lippe zu riskieren: „Das war längst noch nicht alles! Wir kommen wieder, verlasst euch drauf"!
Der Doktor hatte sich unter seiner Liege verkrochen und Schrader fragte Dietrich, was um alles in der Welt denn das für ein dubioses Hundegespann sei, das er da angeschleppt hatte. Und wo denn die eigentliche Verstärkung geblieben war.
Jetzt war Dietrich eingeschnappt. „Hab niemanden in der kurzen Zeit erreichen können. Die müssen doch alle arbeiten. Hat wohl auch so geholfen, oder etwa nicht"?
Das mußte der Ex-Bulle zugeben.
Die beiden Hundchen hatten „Sitz" gemacht und hockten nebeneinander auf dem Boden, als wenn sie kein Wässerchen trüben könnten. Der eine, ein reinrassiger Wolfshund namens Plisch und sein innig geliebter Kumpel namens Plum, ein Spitz mit undefinierbarem Einschlag einer anderen Rasse, gehörten Dietrichs Bruder und hatten normalerweise die für beide wirklich simple Aufgabe, dessen weit abseits gelegenen Reiterhof vor unliebsamen Besuchern zu schützen.
Diese Arbeit erledigten die beiden stets zur vollsten Zufriedenheit, denn wirklich niemand mit klarem Ver-

stand und unbedingtem Überlebenswillen hätte es jemals gewagt, den Hof unbefugt zu betreten!
Außerdem wies ein Schild am Zaun mit den Konterfeien der beiden Buschen auf dieses mögliche Risiko hin.
Plisch und Plum - Seltsam niedliche Namen für solche Bestien!
„Normal tun die nichts“, erklärte der Feuerwehrmann beschwichtigend.
„Sind lammfromm“.
„Schon klar, und wollen nur spielen – aber lass sie man ruhig mit jemand anderem spielen“, meinte Schrader nüchtern.

Dann zog der Ermittler den Doktor zwecks Befragung unter der Liege hervor.
Leider ergab sich dadurch nichts Neues.
Schmidt hatte tatsächlich die ganzen Goldmünzen, außer den in Bremen vertickten natürlich, in einem großen Werkzeugkasten ganz hinten in seiner Garage verstaut. Das war noch in derselben Nacht gewesen, als er den Schatz geborgen hatte.
„Irgendjemand muß ihn dabei beobachtet haben“, folgerte Schrader. Und dann, als der Arzt weggefahren war hatte sich dieser jemand in den Besitz der Münzen gebracht.
Riskant, denn hier auf dem platten Land war man ja schon von jedermann und von weitem zu sehen.

Wer verdammt noch mal hatte so gute Nerven?
Oder aber gar keine Nerven?

Der Italiener in der Eisdiele war am nächsten Tag zunächst etwas sprachlos, als die kleine Sabrina Kellerhaus für sich, ihren Bruder Knut und dessen kleine Freundin drei Eis, jeweils mit fünf Kugeln plus Sahne sowie bunten Streuseln im Becher bestellt hatte und dann mit in Goldfolie eingeschlagenem Schokoladengeld bezahlen wollte.
Aber ihm blieb die Frage, die ihm auf den Lippen lag buchstäblich im Halse stecken, denn die Schokomünze war gar keine Schokomünze sondern aus purem echten Gold, ein 20 Reichsmarkstück Prägedatum 1906 – und dafür hätte man locker hunderte von Eiskugeln bekommen!
Etwa zur gleichen Zeit leerte der Küster der Kirche zum Heiligen Kreuz in Pakens den Opferstock und sah erstaunt zwischen dem Kleingeld und fünf Euro Scheinen vier Goldmünzen blinken.
Vier zwanzig Reichsmarkstücke mit den Prägedaten 1904, 05, 07 und 1909.
Der Klomann am Hafen hatte mittags in seiner Trinkgelddose, die normalerweise, wenn überhaupt nur mickrige fünf und zehn Centstücke zu sehen bekam, einen russischen Goldrubel mit dem Konterfei von Zar Nicolaus dem Zweiten vorgefunden und ganz dicke kam es für Frau Strotjohann von der Caritas, die einen

ganzen Umschlag voller alter deutscher Goldmünzen im Briefkasten entdeckte.
Das sprach sich wie ein Lauffeuer im ganzen Ort herum.
Schrader war höchst alarmiert und meinte zu Dietrich: „Das muß sofort aufhören, sonst wird noch mehr zwielichtiges Ungeziefer angezogen! Wir müssen verdammt noch mal schnellstens den Urheber ausfindig machen. Daß der oder die hier im Ort lebt ist nun vollkommen klar aber was es mit dieser Verschenkerei auf sich hat kapiere ich nicht“.
„Vielleicht will hier nur jemand etwas Gutes tun“, war die etwas einfallslose Meinung der Feuerwehrchefs.
Schrader guckte jetzt schief und verzog zweifelnd den Mund.
„Kennst du jemanden, der einfach nur Gutes tun will und ein Vermögen so mir nichts dir nichts verschenkt? Ich jedenfalls nicht“!
Der ehemalige Polizeibeamte wollte nun allerschnellstens die kleine Sabrina befragen, von wem sie die Münze bekommen hatte.
Leider war die Lütte bereits mit reichlich weiblicher Schläue gesegnet und zog vor den wartenden Müttern beim Kindergarten eine typisch feminine Riesenshow ab, indem sie wie auf Kommando anfing laut zu heulen und dem Onkel gegenüber schluchzend beteuerte, die schöne Medaille bei einer Schaukel auf dem Spielplatz gefunden zu haben.

Er wolle ihr doch wohl das schöne Spielzeug nicht wegnehmen wollen.
Kaum war Schrader verschwunden, versiegte der Tränenstrom im Handumdrehen.
Hier kam man auch nicht weiter!
Der Klomann konnte oder wollte sich auf Nachfrage auch nicht erinnern, wer von den Damen oder Herren, die sein Etablissement im fraglichen Zeitraum besucht hatten, für eine so großzügige Spende in Frage gekommen sein konnte. Er ging schlicht davon aus daß endlich mal jemand seine Arbeit zu würdigen wußte und das eben entsprechend honoriert hatte.
Im ganzen Ort drehte es sich nur noch um Gold!
Es war das Hauptthema in den Gaststätten und Restaurants, beim Friseur und beim Bäcker, ja selbst in der Seniorenresidenz.
Schade, daß Helene nicht da war. Vielleicht wäre ihr ja etwas eingefallen, um den Urheber dieses Goldrausches zu ermitteln.
Schrader wußte einfach nicht, wen er noch fragen sollte und war vollkommen ratlos.

„Da haben wir den Salat", sagte der Ex-Polizist am nächsten Morgen. Irgendjemand hatte die Presse informiert, wahrscheinlich einer dieser selbsternannten rasenden Reporter die von einer großen überregionalen Zeitung täglich dazu aufgefordert wurden, der Redaktion interessante Stories zu melden und vor allem mit den Smartphones Fotos davon zu machen. Die honorierte die Zeitung dann großzügig, sofern es gedruckt wurde mit fünfzig Euro und der eitle Knipser konnte sich als waschechter Reporter fühlen. Den einzigen Reibach dabei machte natürlich nur die Zeitung, die auf diese Weise für ganz kleines Geld an aktuelle Stories herankam.

„Goldrausch in Friesland“ titelte dieses Blatt und eine andere Tagezeitung trug den noch blöderen Aufmacher: „Goldmünzen im Wangerland aufgetaucht - ist es Störtebekers Schatz“?

Was für ein ungeheurer Quatsch! Störtebekers Gold mit Prägedaten aus dem 20. Jahrhundert.

Es dauerte auch nicht lange, bis die ersten Schatzsucher auftauchten. Horden von Schatzsuchern.

„Zumindest etwas Positives hat es ja“, bemerkte Schrader. „Die Hotels sind auf einen Schlag restlos ausgebucht“!

„Aber ein Matjesbrötchen kostet plötzlich sieben Euro“, mokierte sich Dietrich. „Und ein Bier sechs Euro fünfzig“!

„Schatzsucher müssen auch mal etwas essen und trinken“, belehrte Schrader ihn.

Immer mehr Menschen strömten in den Ort.

Alle wollten etwas von dem großen Kuchen abhaben.

Nur fand niemand etwas!

Natürlich nicht.

„Das glaubst du nicht Dietrich, was ich eben erlebt

habe"! Ganz außer sich war Herwarth der Ortsbürgermeister vor der Feuerwache aufgetaucht.
„Da hält doch eben ein großer Benz vor meinem Haus, so ein geschniegelter Typ steigt aus, stellt sich als Anlageberater aus Hamburg vor und fragt mich tatsächlich, ob ich als Vertreter der Gemeinde vielleicht seine Unterstützung in Bezug auf die Anlage von Geld im Ausland benötigen würde. Er hätte da beste Verbindungen und großartige Möglichkeiten beim Umtausch von Gold in Bares. Und kein Finanzamt der Welt würde je etwas davon mitbekommen.
Dem habe ich aber den Marsch geblasen, dem Fatzke"!

Das ging jetzt Schrader alles zu weit. Wie sollte man diesen Irrsinn stoppen?
Er brauchte dringend etwas Ruhe und wollte jetzt für eine Weile an Bord zurück.
Im Hafen waren in der Zwischenzeit mehrere Boote und Yachten angekommen, die mangels freier Liegeplätze zu anderen Fahrzeugen ins Päckchen gegangen waren.
Eigentlich nichts Außergewöhnliches.
Darunter auch eine schicke, weiße fünfzehn Meter lange moderne GFK-Motoryacht, die den sinnreichen Namen „BOTOX" mit Heimathafen Neustadt/Holstein am Heck trug und sich ausgerechnet bei Schraders „Udel" an die Seite gelegt hatte. Selbstverständlich ohne ausreichende Fender und selbstverständlich

schlecht befestigt. Die Vorleine war von dem fremden Skipper sogar einfach nachlässig an Schraders Reeling festgebändselt worden. Seemannschaft der Upper Class! Wo hatten die denn ihren Führerschein gemacht?
Unter einem aufgespannten Sonnensegel saßen ein Mann und eine Frau in Korbstühlen, Typ „ganz viel Kohle“ und genehmigten sich gerade eine Flasche gut gekühlten, weißen Spätburgunders nebst Sushi.
Schrader fragte beim Skipper höflich an, ob er mit seiner „Udel“ so liegenbleiben dürfte oder vielleicht stören würde.
Und dieser Penner dachte auch noch tatsächlich einige Sekunden lang darüber nach!
Die Dame des Hauses blickte von oben zu Schrader hinüber, so in der Art, wie man ein lästiges Insekt betrachtet, bevor man ihm einen Schlappen über den Chitinpanzer schmettert und meinte zu ihrem Mann, ob man nicht doch vielleicht den Liegeplatz wechseln sollte. Dieser Schrottkahn – ja sie hatte tatsächlich Schrottkahn gesagt – würde sich neben ihrer Yacht nicht so gut machen. Was sollten denn ihre Gäste denken, wenn die nachher über den alten Kahn steigen müssten, um hier an Bord zu kommen.
Schrader begann innerlich zu kochen und schaute sich die Dame genauer an.
Irgendwie mußte er dabei an eine sehr ähnlich aussehende Frau, eine Millionärsgattin denken, die er mal zufällig in einer ungeheuer dämlichen Folge eines

Privatfernsehsenders gesehen hatte. Er kam nur nicht auf den Namen.
Und überhaupt, das Boot hieß nicht umsonst „BOTOX“! D a s war hier Programm!
Das aufgespritzte Gesicht der Schabracke im Korbsessel sah ja aus wie ein kaputter Fesselballon, bei dem irgendetwas mit der Heißluft schiefgegangen war.
Die Lippen der Horror-Barbie erinnerten ihn an ein zu stark aufgepumptes Schlauchboot kurz vor dem Platzen, im Gegensatz dazu hatten Stirn und Wangen vollkommen starre Züge angenommen.
Eine rosarote Narbenwulst, wahrscheinlich von zu vielen, vorangegangenen Liftings, konnte man unter dem Kinn deutlich erkennen. Hier war bei der Qualität eindeutig am falschen Ende gespart worden oder aber der sogenannte Schönheitschirurg hatte eine Zusatzausbildung im Laminieren von Bootsrümpfen gemacht und dann die Werkvorgänge verwechselt. So laienhaft gespachtelt und verklebt sah das alles aus.
Und dann die Oberweite! Riesige, künstlich aufgepumpte Ballons die aus dem viel zu kleinen Oberteil ihres Bikinis heraus zu hüpfen drohten. Wer um alles in der Welt konnte so etwas schön oder gar sexy finden.
Schrader vermutete, das Mr. Money seine liebe Frau exakt so hatte zurechtbasteln lassen, daß sie seinem eigenen Schönheitsideal und Geschmack entsprach. Quasi eine Bausatzpuppe. Ob sie damit klar kam war dem Heini sicher egal. Wer die Musik bestellt, der

bezahlt. Und er hatte ganz sicher die Musik bestellt!
Eigentlich war die Braut einfach eine arme Sau und hatte das nur noch nicht gemerkt. Oder wollte das nicht merken.
Der Skipper erschien wieder an Deck und wedelte mit einem Fuffi.
„Hör mal Meister, meine Frau und ich sind doch der Meinung, dass wir hier lieber alleine liegen würden. Sei so gut und fahr eben mal woanders hin. Die Marina ist für so Leute wie dich doch auch ganz schön"!
Die Barbie im Stuhl nickte ihrem Gatten beipflichtend zu und verzog dabei ihr Gesicht zu einer schrägen Grimasse, die ein wohlwollendes Lächeln darstellen sollte.
„Ja, genau auch ganz schön"!
Schrader verschwand flugs unter Deck und mußte erst einmal tief Luft holen.
Dann nahm er einen großen Schluck Genever, gurgelte kurz und schrie dann in entsetztem Ton laut nach oben:
„Oh nein, mein Gott – Kakerlaken – wie ekelhaft"!
Wobei der das Wort Kakerlake sehr gedehnt ausgesprochen hatte.
Es dauerte genau dreissig Sekunden, bis die Motoryacht ablegte.
Schrader kletterte wieder an Deck.
Es war an der Zeit ein Bierchen zu haben und er verholte sich in Mayas Cafe. Leider war zu dieser Uhrzeit keiner von seinen Bekannten oder gar Dietrich da, nur reichlich auswärtige Schatzsucher die sich lauthals über

ihren Mißerfolg unterhielten.
Das reichte Schrader und er zahlte.
Am Hafen stolperte er jedoch zu seinem Erstaunen über die Protzkarre der Bremer Ganoven aus Dr. Schmidts Haus.
Boris und Consorten waren immer noch nicht abgehauen. Diese Kriminellen waren einfach zu gierig.
„Jetzt ist Schluß mit Lustig“, entfuhr es ihm und er rief Dietrich an. Dummerweise ging der Feuerwehrchef nicht an sein Handy und eine Stimme quäkte nur monoton: „Der angerufene Teilnehmer ist leider nicht zu erreichen, wird aber über ihren Anruf unterrichtet. Bitte versuchen sie es später noch einmal“.
„So ein verfluchter Mist“, dachte Schrader und schickte dem Feuerwehrhauptmann eine SMS, in der er ihn zum sofortigen Herkommen aufforderte.
Und zwar rapido! Hoffentlich las er die auch!
Und hoffentlich brannte es in der Zwischenzeit nicht noch irgendwo!
Das zweite Telefonat führte Schrader mit der Polizei in Wilhelmshaven.
Das war jedoch gar nicht so einfach, denn dort wurde seine Aussage für einen Witz gehalten. Bremer Verbrecher im beschaulichen Hooksiel! Das war ja zum Lachen! – Ob er etwas getrunken oder geraucht habe, wollte der Polizeibeamte am anderen Ende wissen. Falscher Alarm sei strafbar! Dann legte der Wachhabende auf.

Schrader war perplex.
Na dann eben ohne die Staatsmacht. Nützte ja nichts.

Der ex-Oberkommissar hatte sich vor dem Treppenabgang zur Toilette postiert und wartete nun auf die drei Männer. Ihren großen, mattschwarz lackierten Porsche Cayenne Turbo hatten sie selbstverständlich ins Parkverbot gegenüber gestellt. Wohin auch sonst?
„Es ist zum Kotzen mit den Brüdern, sie halten sich einfach nicht an die Gesetze, noch nicht einmal an die einfachsten", ärgerte sich der ehemalige Beamte.
Irgendwie kam er sich vor wie der einsame Sheriff im Kultwestern „High Noon", nur mit dem Unterschied, daß er weder mit zwei Colts bewaffnet war, noch daß im Hintergrund eine hämmernde, spannungsgeladene Filmmelodie gespielt wurde. Der gesamte Parkplatz war wie leer gefegt und absolut niemand zu sehen.
Noch nicht einmal die sich üblicherweise dort aufhaltenden Rudel von Touristen. Die hockten sicher in den Restaurants und aßen.
Fehlten eigentlich nur noch die kugelförmigen Büschel aus trockenem Gras, die in den Wild-West Filmen vom heißen Wüstenwind immer durch die menschenleeren Straßen von Dodge City oder den verlassenen Goldgräberstädten in Arizona geweht wurden.
Die drei Männer kamen die Treppe herauf. Einer von ihnen, das Sülzengesicht mit der zerrissenen Hose humpelte stark.

„Braver Plum, guter Hund“, dachte Schrader.
Dieser Boris vorneweg trocknete sich eben noch die Hände ab und ließ dann das Papierhandtuch einfach auf den Boden fallen. Seine beiden Gorillas trabten hinter ihm her. Die hatten sich ihre Finger nach dem Pinkeln wohl nicht gewaschen.“Wie eklig“, dachte Schrader.
Oben auf dem Parkplatz blieben die drei stehen.
Der elegante Boris erkannte ihn sofort wieder und grinste.
„Das ist mutig aber auch wirklich dumm von dir mein Freund, so ganz alleine. Und auch noch ohne deine Hundchen!“
Dabei blickte er sich zur Sicherheit einmal hastig um.
„Was kann ich denn für dich tun oder hast du dir überlegt, wo sich das befindet, was mir gehört“?
Schrader mußte an die Situation mit dem Poncho damals in Hamburg zurückdenken. Vielleicht war ein Bluff jetzt die beste Waffe. Sehr wahrscheinlich auch seine einzige.
Mit dem geschniegelten Boris wäre er vielleicht Mann gegen Mann noch fertig geworden aber an den beiden Muskelpaketen war bestimmt kein Vorbeikommen. Hier würde er garantiert den Kürzeren ziehen und nachher im günstigsten Fall so aussehen wie Dr. Dr. Schmidt.
Im Günstigsten Fall!
Schrader nahm die straffe Haltung an, die er früher im Dienst auf der Straße an den Tag gelegt hatte.

Als Bulle mußte man den Respekt einfordern, der einem zustand. Aber dieser Forderung war dann auch Nachdruck zu verleihen. Und das war hier im Augenblick gar nicht so einfach. Immerhin stand es 3:1 gegen ihn!

„Ich hatte euch doch dazu aufgefordert hier umgehend von der Bildfläche zu verschwinden. Aber ok, wenn ihr nicht hören wollt - die Polizei ist bereits im Anmarsch“, sagte Schrader und hoffte, daß seine Stimme dabei fest und cool genug geklungen hatte.

Boris schüttelte nur traurig mit dem Kopf.

„Schau dich doch mal um mein Freund, hier ist absolut niemand und schon gar keine Polizei“! Bei dem Wort Polizei spukte er auch noch auf den Boden.

Schrader kam einfach nicht umhin, im Kopf die Ordnungswidrigkeiten aufzulisten. Drei in wenigen Minuten!

Ihm fiel jetzt auch nichts passendes mehr ein.

„Ihr parkt unzulässig im Parkverbot“, hörte er seine eigene Stimme sagen, obwohl ihm das kleine Teufelchen in seinem Ohr verzweifelt gebot, jetzt aus Gründen der Selbsterhaltung einfach nur mal die Schnauze zu halten.

Aber Schraders eigensinniger, vom Gehirn abgekoppelter Mund formte die Buchstaben wie von selbst.

„W a s“? knurrte Boris. „Parkverbot? Du Wahnsinniger denkst in so einem Augenblick an Falschparken im Parkverbot? Du mußt doch völlig verrückt sein“!

Und zu seinen Mitarbeitern gewandt wiederholte er: „Der Typ muß verrückt sein“!

Die beiden blöden Kretins nickten zustimmend im Takt wie früher die Wackeldackel in der Hutablage im VW Käfer.

Boris wurde ungehalten und gab seinen Begleitern ein Zeichen.

Drohend wie eine stabile, proteinhaltige Wand aus wenig Hirnmasse aber dafür mit umso mehr Muskeln rückten die Typen nun dem einsamen Gesetzeshüter außer Diensten auf die Pelle.

Schrader hätte zurückweichen sollen, aber er blieb wie angewurzelt stehen. Es mußte mal ein Ende mit dem ewigen Nachgeben und dem Schwanz einziehen haben. Dann fiel die Entscheidung eben hier und jetzt! Gleich würde es sowieso scheppern und er dabei mit Sicherheit den Kürzeren ziehen, aber so ganz kampflos wollte er es nicht abgehen lassen.

Der elegante Boris war wütend geworden und wurde richtig unhöflich: „Du sagst mir augenblicklich wer die ganze Asche hat, sonst machen wir aus diesem hübschen Dorf eine Achterbahn – und aus dir auch“.

Wie zur Unterstreichung dieser Drohung stellten sich die beiden Gorillas in Kampfpose vor Schrader auf.

„Tz tz tz“ – war da ein seltsames Geräusch zu hören.

Die beiden Dumpfbacken blieben erstaunt, breitbeinig und in leicht gebückter Pose mit angewinkelten Armen stehen.

Sah in etwa aus wie eine schlecht gespielte Catcher-Pantomime in einem billigen Vorstadttheater.
Auch Boris schaute irritiert in die Richtung, aus der das tz tz tz gekommen war.
Und er konnte seinen Augen nicht trauen, was er da sah. Zwei augenscheinlich originale, zauselbärtige Wikinger in voller Fell und Ledermontur, und mit Hörnerhelm auf dem langhaarigen Schädel waren gemächlich die Treppe vom Hafen herauf gestapft gekommen. Der eine trug in beiden Händen eine fürchterlich gefährlich aussehende Axt mit riesiger geschwungener Klinge, der andere eine Holzkeule, die rundherum mit geschmiedeten, dreikantigen Nägeln gespickt war.
Die beiden Original Wikinger bauten sich nebeneinander hinter Schrader auf.
„Was soll denn der Quatsch“? fragte Boris, „verpisst euch ihr Clowns“!
Die wilden Nordmänner schauten sich an. Dann rief der eine Wikinger in einer nicht verständlichen nordischen Sprache etwas, das wie „hoooohahooo“ klang und trennte mit einem einzigen schwungvollen Hieb seiner originalen Wikinger-Axt den linken, bis zu diesem Zeitpunkt elektrisch verstellbaren Außenspiegel des Porsche Cayenne ab.
Boris drehte fast durch und brüllte mit sich überschlagender Stimme: „Das gibt es doch gar nicht! Mein Auto ihr Schweine, mein schönes neues Auto – das hat doch Vollausstattung“!

Der andere Wikinger ließ sich dadurch in keiner Weise beeindrucken und hieb umgehend mit seiner Nagelkeule die dunkel getönte Heckscheibe in eine Million Stücke.
Von wegen unzerstörbares Sicherheitsglas! Als Zugabe erledigte er noch die beiden Halogenscheinwerfer.
Boris heulte jetzt fast.
„Ich bringe euch alle um ihr“ - ihm fiel anscheinend in der Hektik nichts Passenderes ein – „ihr verblödeten Dorfdumpfbacken“!

„Na, na, - so redet man aber nicht mit uns“, bemerkte eine tiefe, ruhige Stimme in der Deichscharte linkerhand hinter den bösen Buben.
Von dort traten jetzt Dietrich nebst zwei äußerst untersetzten und kräftigen Krabbenfischern, drei Mann der Freiwilligen Feuerwehr sowie dem ex Kaleu, der sich eben fröhlich die Ärmel hochkrempelte und auf diese Weise U 10 im aufgetauchten Zustand sichtbar werden ließ, an den Ort des Geschehens.
Hinter diesem freiwilligen Hooksieler Spezialeinsatzkommando hatte sich, wie für alle Fälle schon mal vor Ort, auch noch ein deutlich über zwei Meter großer Rettungssanitäter in der Dienstbekleidung der Johanniter Unfallhilfe mit einem orangefarbenen Reanimationskoffer unter dem Arm zur eventuellen Sofortbehandlung platziert. Dieser Mann, möglicherweise auch sein nichts Gutes verheißender Koffer gab dann wohl den Ausschlag.

Boris versuchte jetzt sich hektisch umblickend, die Lage zu erfassen, warf sich abrupt herum und setzte zum Flucht-Sprint hinter die parkenden Autos an. Nach drei Metern war jedoch sein Home-Run bereits zu Ende, denn plötzlich bremste er ab, als sei er vor eine Wand gelaufen, machte auf dem Absatz kehrt und kam ganz langsam, fast artig zurück.
Hinter den Fahrzeugen trat nun, bisher unsichtbar geblieben - und Schrader wollte seinen Augen nicht trauen – Helene hervor, die in jeder Hand eine kurze, lederne Hundeleine hielt.
Am Ende dieser beiden Leinen freuten sich Plisch und Plum auf ein vielleicht noch lustigeres Spiel, denn sie hatten die drei komischen Männer von neulich, ihre alten Spielkameraden wiedererkannt!
Und die drei erschreckten Tierliebhaber natürlich auch die Hundchen!
Schrader hatte nun endgültig die Faxen dicke.
„Schluß jetzt mit dem Theater!
Waffen vorsichtig auf den Boden legen, dann zurücktreten, umdrehen und an die Klowand stellen, Beine auseinander und die Hände hinter dem Nacken verschränken, lautete seine Anweisung.
„Wir haben gar keine Waffen mehr, die hast du doch längst“, maulte Wladimir dazwischen.
„Na gut, dann nehme ich sie wegen schwerer Körperverletzung, Nötigung, illegalen Waffenbesitzes und illegalen Glücksspieles vorläufig fest.

Habe ich noch etwas vergessen“? fragte Schrader.
„Parken im Parkverbot“, fügte der Wikinger mit der Keule hinzu.
Boris wollte es immer noch nicht so recht einsehen und meinte. „Du kannst uns doch gar nicht festnehmen, das kann nur die Polizei“!
„Eben“, entgegnete Schrader. „Ich bin jetzt die Polizei – denn einmal Bulle immer Bulle!
Und dann gibt es ja auch noch das Jedermannsrecht nach § 127 StPO, das wie der Name schon sagt jeder“- er drehte sich dabei zu den beiden Wikingern um – „sogar Wikinger, Krabbenfischer, U-Boot Fahrer und jeder Bürger wahrnehmen kann, wenn es um solche Strolche wie euch und die Verhinderung oder Ahndung von Straftaten geht“.
Dann fiel Schrader noch etwas ein.
„Und das Fahrzeug wird wegen Verkehrsuntüchtigkeit mit sofortiger Wirkung stillgelegt“.
Boris wollte erneut aufbegehren. „Wieso verkehrsuntüchtig, das fährt doch“!
Der Wikinger mit der Keule schlug mit einem Knall die Scheibe der Fahrertür ein, beugte sich tief in den Fond und langte mit seiner Keule einmal in das elektronische Armaturenbrett.
Dann legte er das Fahrzeug umgehend still, indem er die Nummernschilder mit bloßen Händen aus den Halterungen riss und in der Mitte umknickte.
„Jetzt fährt es nicht mehr“, stellte er sachlich fest.

Boris war bereits innerlich zusammengebrochen.
Wenig später traf zu Schraders Verwunderung doch noch die Polizei aus Wilhelmshaven ein, denn die Kommissarin Hahnemann-Maerz hatte seinen Notruf zufällig in der Wache mitbekommen und tatsächlich sofort geplottet, daß im sonst so beschaulichen Hooksiel irgendetwas nicht stimmen konnte.
Zuerst zwei Skelette und dann Bremer Ganoven – da war etwas faul!
Und so waren sie und ihre Kollegen in zwei Autos mit viel Tatü-Tata die zehn Kilometer lange Strecke von Wilhelmshaven hergeflogen gekommen.
Gar nicht so übel die junge Kollegin, mußte Schrader anerkennend festellen!
Eigentlich sogar richtig gut!
Hahnemann-Maerz ließ sich vor Ort von Schrader über die Sachlage informieren und bevor die bösen Jungs in Handschellen im blau-silbernen Spaßmobil verstaut wurden, hatte Dietrich der jungen Kommissarin die eingesammelten Waffen, die noch im kaputten Feuerwehrwagen gelegen hatten, in die Hand gedrückt.
Der Bremer Spuk war damit vorbei!
„Dachte schon, ihr kommt nicht mehr und lasst mich hängen“, meinte Schrader zu Dietrich.
„Wenn nicht unser alter Feuerwehrbulli beim Verteilerkreis verreckt wäre und wir nicht die ganze Strecke bis hierher zu Fuß hätten antraben müssen, wären wir auch pünktlich zur Stelle gewesen“, rechtfertigte sich der Feuerwehrchef angepisst.

„Streitet euch nicht, ist doch alles gut gegangen“, besänftigte Helene die Männer während sie die beiden lammfrommen Hundchen Plisch und Plum liebevoll streichelte. Die lagen beide hechelnd auf dem Rücken. Ein reizendes Bild!
Der ehemalige U 10 Kaleu hatte inzwischen enttäuscht seine Ärmel wieder heruntergekrempelt und war verschwunden. Hier war deutlich mehr Action zu erwarten gewesen! So wie früher in der Bambus Bar in Bremen oder beim Auslandsbesuch in Portsmouth. Das waren eben noch Zeiten!
Schrader wollte nun noch gerne wissen, woher denn die beiden originalen Wikinger gekommen waren.
Der eine, der mit der Keule stellte sich als Willy aus Cloppenburg vor. Er war Diplom Kaufmann und Eventmanager für solcherlei Mittelalter Spektakel und hatte mit seinem Kompagnon, das war der mit dem Beil, hier schon einmal probehalber den Hafen und das Drachen-Schiff nebst Besatzung für das kommende Wikingerfest getestet. Und da Wikinger erklärtermaßen immer hilfsbereit zu sein pflegen und Willy die drei Typen als genau das angesehen hatte, was sie waren – nämlich Ganoven, waren er und sein Co-Wikinger selbstverständlich zur aktiven Unterstützung herbeigeeilt. Natürlich ohne sich vorher umzuziehen.
Schrader wollte sich gar nicht vorstellen, daß das nur eine „Probe“ gewesen sein sollte. Wie um alles in der Welt sah denn dann das richtige Spektakel aus?

„Wo bist du eigentlich so schnell hergekommen“, fragte Schrader.
„Alarm-SMS von Dietrich“, antwortete Helene kurz und bündig.
“War Gott sei Dank gerade wieder aus Osnabrück zurück und beinahe zu Hause angekommen, als es piepte. Und da lasse ich doch meinen Kapitän nicht alleine“!
Schrader war sichtlich berührt.
„Auf jeden Fall hat diese Sache bewiesen, daß wenn hier alle im Ort an einem Strang ziehen, Drecksäcke keine Chance haben.
Aber das Hauptproblem ist damit immer noch nicht gelöst“, meinte Schrader nachdenklich zu Dietrich.
Der nickte.
„Wo steckte das verdammte Zeug jetzt“?

Helene lud ihren Capt´n zu sich nach Hause ein.
Sie wollte ihm ihr Häuschen zeigen, dann gemeinsam kochen und sich nach all den Aufregungen mal einen schönen, ruhigen Abend machen.
Das hatten sie sich verdient.
Zuvor jedoch hatte sie sich Dietrich gegenüber bereit erklärt, mit Schrader zusammen Plisch und Plum die beiden Racker auf ihren heimatlichen Bauernhof zurückbringen, denn sie besaß das einzig fahrbereite Auto. Der Feuerwehrwagen stand ja kaputt am Verteilerkreis. Da sie sowieso frische Lebensmittel einkaufen mußten, wollten sie auch den beiden Hunde-Helden eine kleine

Belohnung gönnen und hatten auf dem Parkplatz des EDEKA-Supermarktes angehalten.
Die beiden süßen „Wautzies“ ließen sie für die kurze Zeit in Helenes kleinem Auto sitzen in der vagen Hoffnung, daß es danach noch eine brauchbare Inneneinrichtung besaß.
Für jeden der Vierbeiner kaufte die Tierliebhaberin einen schönen Kau-Knochen und kam schnell zum Auto zurück.
Schrader war im Supermarkt geblieben und mit den Einkäufen noch nicht fertig.
Quer vor Helenes Kühler stand jedoch jetzt ein älterer, grünmetallic lackierter 5erBMW mit Heckspoiler und hatte sie einfach zugeparkt. Nach hinten kam sie auch nicht weg, dort war eine Laterne.
„Was für ein Idiot“, dachte Helene und legte ihren Hunde-Einkauf auf das Dach, um die Fahrertür zu öffnen.
„Na schöne Frau“, sagte eine männliche Stimme. „Wohin des Wegs“?
Helene drehte sich um und besah sich den Herrn.
Vor ihr stand ein nicht mehr so ganz taufrischer Mann vielleicht Ende sechzig, der mit seinem Schnäuzer im sonnenbankgebräunten Gesicht und in seinem sportlichen Outfit mit leger auf die Stirn geschobener Ray-Ban Sonnenbrille, wie eine schlechte Imitation von Tom Selleck, dem Ferrari fahrenden Privatdetecktiv aus der US-Fernsehserie MAGNUM aussah.

Der Möchtegern MAGNUM hielt sich anscheinend für unwiderstehlich, denn er kam bis auf Rasierwasserabstand heran und legte, ohne ihre wie auch immer geartete Antwort abzuwarten, lässig seine rechte Hand auf Helenes Schulter.
„Hör mal Schätzchen, du bist mir aufgefallen. Ich stehe auf solche Frauen wie dich“.
Da sie nicht umgehend reagierte, wertete er das schon mal als Zustimmung.
„Hast du heute schon was vor? Wir könnten uns doch zusammen ein paar schöne Stunden machen.
Ich habe einen tollen Caravan auf dem Campingplatz stehen, so mit allem Drum und Dran, wenn du weißt was ich meine“.
Dabei zwinkerte er mit einem Auge.
Helene war nun ob dieser tumben Dreistigkeit doch etwas erstaunt. Sie hatte in ihrem Leben ja bereits viele Deppen kennengelernt aber so etwas hatte sie jedenfalls noch nie erlebt!
Dieser großkotzige „Outdoor-Rentner“ hatte sie doch tatsächlich eben mir nichts dir nichts aufgefordert, mit ihm eine Nummer zu schieben!
Im Caravan!
Aber der platte Proll setzte mit einem munteren, wenn auch abgedroschenen Spruch noch einen drauf.
„Dann zeige ich dir auch wo der Frosch die Locken hat“!
Er sah sie erwartungsfroh an.

„Magst du denn mehr die rotbraunen oder die grauen Locken", fragte Helene.
„Völlig egal", antwortete der Stenz in heller Vorfreude, daß dieser Aufriss so unerwartet schnell gegangen war.
„Ok, wenn das so ist" sagte Helene, befreite sich von seiner zudringlichen Patschhand und ging zum Heck ihres Toyotas.
„Augenblick noch" rief sie und öffnete die Heckklappe.

Sekunden später radierte der BMW mit qualmenden Socken vom Parkplatz.
Helenes Lieblingskapitän kam mit vollen Einkaufstüten beladen aus der automatischen Schiebetür des Supermarktes gestolpert und um ein Haar hätte ihn der davonrasende Wagen auch noch erwischt.
„Der Idiot fuhr ja wie eine gesengte Sau als wenn alle Furien der Welt hinter ihm her wären", wunderte sich Schrader.
„Ist was", fragte er Helene, die eben die Kauknochen an Plisch und Plum vor dem Auto verteilt hatte.
„Nö", antwortete sie „nur ein Tourist der den Campingplatz gesucht hat".
Dann brachten sie die beiden Tölen nach Hause.

Helenes Haus, ein alter Gulfhof lag im Dorf Utwarf, nur wenige Kilometer von Hooksiel entfernt.
Nicht allzu groß, das tief heruntergezogene Dach mit Reet gedeckt, die Wände wie in dieser Gegend üblich

mit Rotklinker gemauert, war es von wildem Wein zum größten Teil überwuchert und machte so einen etwas verwunschenen Eindruck.

Das Heim eines zurückgezogen lebenden Menschen.

Es passte aber zu ihr, wie Schrader feststellte, als er eintrat.

Es war wunderschön.

Innen gab es nur ein paar kleine Zimmerchen, die Helene mit größtenteils altertümlichen Möbeln ausgestattet hatte.

In der Hauptsache reihten sich aber hunderte von Büchern in Mahagoniregalen aneinander und die Wände waren von antiken Stahlstichen, kleinen Ölbildern und schönen blau-weißen holländischen Motivfliesen bedeckt.

Keine Spur von „Shabby-Chic“ stellte Schrader fest. Das hier war alles alt und original! Und es strahlte Gemütlichkeit und Wärme aus.

Vor einem Sprossenfenster stand zu seiner Freude ein Möbelstück, das er sich immer gewünscht, aber nie bekommen hatte.

Ein riesiger, behaglicher grau-blau gemusterter Ohrensessel, in dem sich Schrader sofort niederließ.

„Gefällt er dir Stefan“, wollte Helene wissen.

„Und wie“, antwortete er.

Dann sah er durch die geöffnete Tür die Bilder im angrenzenden Raum.

Helene war Malerin?

Auf Staffeleien, in dicken Packen an die Wand gelehnt und an den Wänden überall Bilder.
Bilder in den verschiedensten Techniken und Materialien wie Tempera, Öl, Acryl und Pastell, auf Leinwand, Pappe und Papier.
„Stammen die etwa alle von dir“? staunte er.
Helene war tatsächlich etwas verlegen.
„Ich habe vor vielen Jahren mal angefangen Kunst zu studieren aber dann zugunsten der Juristerei damit aufgehört. Und seitdem ich wieder frei bin, kann ich endlich das tun, was ich am liebsten mache, nämlich malen“.
Schrader war sichtlich beeindruckt, als er einige der Stücke genauer betrachtete.
Realistisch wie Photographien gestaltete, lichtdurchflutete Meereslandschaften mit hohen Wolkengebirgen, brandende Wellen am Strand, rotorange Sonnenuntergänge über Watten, aber auch einige in einem impressionistischen Stil gehaltene Stadt und Hafenansichten neben wenigen dagegen ungewöhnlich abstrakten Bildern.
„Das zum Beispiel war der Entwurf für eine Auftragsarbeit“, erklärte sie und hielt einen Keilrahmen hoch. „Die Stadtsilhouette von Dresden im Canaletto Blick. Dafür bin ich extra eine Woche lang im Elbflorenz gewesen“.
Helene erzählte von ihrer Zeit an der Kunsthochschule. Ihr Lehrer war damals der bekannte Maler und Graphi-

ker Gerd Neumann gewesen dessen künstlerisches Credo zu seiner Schaffenszeit „Abstraktion des Blickes“ gelautet hatte.
Von dem hatte sie viel gelernt.
„Ich hätte weitermachen müssen“, sagte Helene. „Dann hätte ich mir viel Stress und Enttäuschungen erspart“.
Sie war fast etwas traurig geworden, gab sich dann aber einen Ruck und fragte: „Was wolltest du eigentlich in jungen Jahren werden - immer Polizist“?
Schrader dachte an seine eigene Jugend zurück.
„Segelschulschiffskapitän war mein Traum“, sagte er schließlich.
„Auf einem Windjammer um die Welt segeln, das wär´s gewesen“.
Auf einer weiter hinten, leicht verdeckt stehenden Staffelei hatte er während der Unterhaltung ein besonderes Gemälde erspäht und ging jetzt hin, um es sich näher anzusehen
Er hielt das Bild vor sich und erkannte sofort was es war.
„Das ist ja der Alte Hafen von Hooksiel“, rief er begeistert.
„Sicher“, antwortete Helene.
„Habe ich erst kürzlich gemalt und wenn du es magst, schenke ich es dir“.
Schrader war wirklich happy. Dieses Bild würde prima auf sein Schiff passen.
Der Abend in dem kleinen, gemütlichen Haus endete

sehr spät und so harmonisch, wie er begonnen hatte.
Das war nun Schraders erste Bauernnacht, denn so nannte früher der Seemann nach seiner Heimkehr die erste Nacht an Land.
Und Schrader war ja jetzt Seemann.

Der sechsjährige Klaas, der gerade mit seinem Freund Timo vom Ponyreiten im Wald am Hooksmeer gekommen war, hatte auf einer Bank etwas in der Sonne blitzen sehen, das er flugs einsteckte um es zu Hause stolz seiner Mutter zu zeigen.
Es handelte sich um zwei zwanzig Goldmarkstücke!
Die Mutter rief umgehend den Ortsbürgermeister an und der alarmierte den Feuerwehrchef, der eben mit der Reparatur des T5 fertig geworden war.
Die Alarmierung rief zwangsläufig auch Schrader und Helene mit auf den Plan, denn Dietrich wollte ohne seine Freunde nichts unternehmen und telefonierte sie herbei.
Fast gleichzeitig kamen sie bei dem Einfamilienhaus, in dem der kleine Klaas mit seiner Familie lebte an.
Helene schickte die Männer samt Mutter weg, hockte sich vor den Knirps und schaffte es mit ihrer ruhigen, einfühlsamen Art und einer Riesentüte HARIBO sein Vertrauen zu gewinnen.
Auf die Frage, ob er vorher bei der Bank jemanden gesehen hatte, wollte der Junge erst nicht so richtig herausrücken. Dann jedoch erzählte er, daß ein Mann

den er nicht kannte auf einem blauen Fahrrad vor ihnen weggefahren war. Auf jeden Fall ein alter Mann, denn für kleine Jungs waren alle Erwachsenen alt.
Und er trug eine Jacke mit einem großen, weißen Stern auf dem Rücken, fügte der Bub hinzu.
„Ein wahrscheinlich alter Mann mit einem blauen Fahrrad und weißem Stern auf der Jacke also! Toll! Das ist nur reichlich mager“, stellte Schrader ernüchtert fest.
Er hatte sich weit mehr von dieser Befragung versprochen.
„Wer besitzt denn hier ein blaues Fahrrad“? wollte er von Dietrich wissen.
„Na ja, die meißten Mietfahrräder sind orange und ansonsten – keine Ahnung. Hier gibt es Massen von Fahrrädern“.
Wie sollte man denn da ein blaues finden?
Sie kamen einfach nicht weiter.
Helene, Schrader und Dietrich standen immer noch auf dem Parkplatz vor dem Haus, in dem der kleine Junge wohnte.

Schrader überlegte angestrengt.
„Was ist denn mit der Jacke und dem Stern? Ist das vielleicht ein Ansatz“?
Er hatte bei dieser Frage eben die Tür von Helenes Wagen geöffnet und wollte einsteigen, als sich Dietrich plötzlich mit der flachen Hand vor die Stirn schlug und wie von der Tarantel gestochen zum Haus zurückrannte.

„Was hat er denn, dreht der jetzt auch noch durch“, meinte der ehemalige Polizist zu Helene.
„Nein warte mal, ich glaube er hat eine Idee“, entgegnete sie und lief dann ebenfalls zurück.
Dietrich war bereits im Inneren verschwunden und sprach mit der Mutter. Danach noch kurz mit Helene, die daraufhin erneut den kleinen Jungen in seinem Zimmer besuchte.
Der Oberkommissar a.D. war vor der Tür stehengeblieben. Er hatte sich eine Zigarette angezündet und zog den Rauch tief ein.
Was um alles in der Welt hatte Helene denn vor?

„Die Jacke trägt nicht nur einen weißen Stern, sondern auch einen Schriftzug“, verkündete sie kurze Zeit später den beiden wartenden Männern.
„Spann mich doch nicht auf die Folter, wie lautet denn der ominöse Schriftzug“, wollte Schrader ungeduldig wissen.
„Ruhig Blut Stefan“, sagte Helene und tätschelte seinen Arm.
„Der kleine Klaas kann Gott sei Dank schon einigermaßen lesen, hat mir aber erzählt, daß er einige der Buchstaben nicht mehr hätte erkennen können“.
Schrader trat von einem Bein auf das andere.
„Und das was er gelesen hat lautete: rdstern“, erklärte Helene.
„rdstern“? fragte Schrader, „was soll denn das sein“?

Dietrich grinste jetzt breit über das ganze Gesicht.
„Hab ich es doch gewußt", triumphierte er und fuhr fort: „Nordstern bedeutet das und es ist der Name eines Kutters, der vor vielen Jahren untergegangen ist"!
Schrader konnte nicht ganz folgen.
„Ja und"?
„Mensch Leute, die Besatzung trug damals blaue Wetterjacken mit einem großen, weißen Stern, einem Nordstern auf dem Rücken. Und das ist auch der Schriftzug: NORDSTERN"!
Dietrich hatte deutlich Oberwasser bekommen, aber der Ermittler stand auf der Leitung.
Der Brandmeister wurde noch deutlicher.
„Na, da der Kutter Nordstern untergegangen ist und es nur einen Überlebenden gab, könnte es doch genau dieser Mann sein, der heute in seiner alten Jacke herumradelt und Goldmünzen verschenkt. Und bei diesem Mann kann es sich dann nur um Fiete Eilers handeln, den einzigen Überlebenden"!
Schrader schaute skeptisch.
„Und dieser Fiete soll Dr. Schmidt das Gold geklaut haben", fügte er zweifelnd hinzu und erinnerte sich jetzt auch wieder an den stummen Mann damals in Mayas Cafe.
Er war noch nicht überzeugt.
„Was ist denn, wenn einfach jemand anders solch eine alte Jacke besitzt? Dann haben wir mit Zitronen gehandelt und fangen wieder von vorne an".

In Helene erwachte die ehemalige, analytisch denkende Richterin.
„Da gibt es nur ein Mittel das zu überprüfen“, schaltete sie sich ein.
„Genau“, pflichtete ihr Dietrich bei.
„Wir müssen nachsehen“!
Schrader hatte neben Dietrich Platz im Feuerwehrwagen genommen und Helene darauf bestanden, mit ihrem eigenen Auto hinterher zu fahren.
Es ging zu einem etwas außerhalb des Ortes gelegenen Haus am Pakenser Altdeich.
„Ganz schöne Bruchbude“, meinte Schrader als sie nach wenigen Minuten die Adresse erreicht hatten.
Der Putz an der Wetterseite war zum größten Teil von der Fassade gefallen und die Hälfte der Dachziegel hatte sich schon vor langer Zeit verabschiedet und war provisorisch durch eine löchrige, blaue LKW-Plane ersetzt worden.
„Ist halt ne arme Sau der Fiete“, entschuldigte der Brandmeister das katastrophale Aussehen des Gebäudes, besonders aber des zugewucherten und mit Schrott vollgestopften Grundstückes.
„Der Mann hat durch die Geschichte damals total die Kontrolle über sein Leben verloren. Macht sich wahrscheinlich Vorwürfe, daß er überlebt hat und die anderen nicht. Vielleicht sind das ja auch Schuldgefühle. Gesprochen hat er aber nie mit jemandem darüber, er redet einfach nicht mehr“.

Soviel Einfühlungsvermögen hatte Schrader dem robusten Feuerwehrmann gar nicht zugetraut!
Und jetzt sollten sie Fiete dem armen Schwein auch noch auf die Pelle rücken.
Mann oh Mann!
Helene war nun ebenfalls angekommen und hatte ihren Wagen abgestellt.
„Augenblick mal Jungs. Ich möchte euch beiden einen Vorschlag machen.
Laßt mich zuerst alleine vorgehen und schauen, inwieweit man überhaupt mit ihm reden kann. Wer weiß, wie er auf Druck reagiert“.
Schrader hatte Bedenken: „Das ist es ja.
Wer sagt uns denn, ob der Mann nicht vor lauter Angst und Panik den Kopf verliert und vollkommen ausrastet? Und dann bist du alleine bei ihm drin“!
Helene lachte. „Nun laß mal die Kirche im Dorf Kommissar! Ich bin in meinem Leben schon mit ganz anderen Kalibern vor Gericht fertig geworden!
Da mußte er ihr zustimmen.
Ganz wohl war ihm aber bei dem Gedanken nicht.
„Wartet auf jeden Fall, bis ich euch hineinrufe“!
Eigentlich war das schon mehr eine Anweisung, als eine Bitte.
Dietrich und Schrader postierten sich unsichtbar neben dem fast zerfallenen Anbau aber so, daß sie wenigstens annährend mitbekommen konnten, wenn drinnen etwas aus dem Ruder lief.

Dietrich stieß Schrader mit dem Ellenbogen an.
„Sieh mal da“, und zeigte durch ein winziges, kaputtes Fensterchen, bei dem das gesamte Glas herausgebrochen war, in das Halbdunkel des Schuppens.
Schraders Blick folgte dem Wink.
Dort zwischen allerlei Gerümpel stand ein altes, blaues Herrenfahrrad!
Helene ging währenddessen auf das kleine Haus zu, klopfte an die Tür und drückte die Klinke herunter.
Die Tür war unverschlossen und schwang in den Angeln quietschend nach innen auf.
Schrader holte tief Luft.
Helene betrat nun den Flur und verschwand im Inneren. Man hörte sie rufen: „Hallo, Fiete – sind sie da – ich möchte mich mit ihnen unterhalten“.
Dann trat Stille ein.
„Was ist denn jetzt“? entfuhr es Schrader.
„Psst“, machte Dietrich. „Leise, verdammt noch mal“!
Minute um Minute verging und der ehemalige Kommissar wurde immer ungeduldiger.
Nein, das war keine Ungeduld.
Das war einfach Muffe, daß ihr irgendetwas passieren könnte.
Was machte die Frau denn solange mit dem alten Zausel?
Die Zeit verrann und immer noch nichts geschah.
„Ich gehe da jetzt rein, sind ja fast dreissig Minuten um“, sagte Schrader energisch und wollte gerade sei-

nen Posten am Schuppen verlassen, als Helene unvermutet wieder ins Freie trat.
Sie sah entspannt aus.
„Ihr könnt nun reinkommen, er will mit euch reden“.
„Er will was? Fiete hat doch seit zwanzig Jahren kein Wort mehr gesagt“, meinte Dietrich erstaunt.
„Und nun will er mit uns reden“?
Das Haus sah innen aus wie ein Saustall. Hier war seit Jahrzehnten nichts mehr repariert geschweige denn saniert worden.
Tapetenreste hingen in Fetzen von den Wänden, der Bodenbelag war so abgetreten, daß die Holzdielen darunter bereits zum Vorschein kamen und Berge von alten Zeitungen lagen mehr oder weniger gestapelt überall im Weg herum.
An einem Kabel von der Decke im Flur baumelte eine nackte Glühbirne, deren einstiger Lampenschirm längst abhanden gekommen war und die Eindringlinge stolperten scheppernd durch Massen leerer Schnapsflaschen.
Über den Zustand der Küche an der sie vorbeikamen schwieg man besser.
In diesem ganzen Chaos saß Fiete Eilers in der ehemals guten Stube auf einem vergammelten, durchgelegenen roten Plüschsofa und starrte die Männer an.
Und über dem Sofa hing als einzige Dekoration des Raumes in einem aus dem Leim gegangenen Rahmen auch noch eine ehemals farbige, jetzt vollkommen

verblichene Fotografie des Kutters Nordstern, die am oberen rechten Rand mit einem faserigen, schwarzen Trauerflor bedeckt war!
„Hier mußte man ja depressiv werden“, dachte Schrader.
„Ähem, Moin Fiete“, begrüßte Dietrich den ehemaligen Fischer.
„Hab schon auf euch gewartet“, waren die ersten Worte des Mannes.
Helene setzte sich ohne jede Scheu zu ihm auf das versiffte Sofa und ergriff seine Hand.
In diesem Augenblick hätte Schrader sie umarmen mögen.
Was für eine wunderbare Frau!
„Erzähl ihnen, was du mir erzählt hast. So wie wir es abgesprochen haben“, forderte Helene Fiete mit sanfter Stimme auf.
„Und keine Angst, es wird dir nichts passieren“!
Was sie dann zu hören bekamen, war die so unglaublich einfache wie unspektakuläre Lösung des Falles.
Der alte Mann war vor einigen Tagen in seiner unruhigen Schlaflosigkeit wie immer abends mit dem Fahrrad unterwegs gewesen.
Dabei hatte er seit über zwanzig Jahren das gleiche Ziel. Er fuhr zum Außenhafen exakt zu dem Liegeplatz, von dem aus der Kutter Nordstern damals zu seiner letzten Reise aufgebrochen war. Und das machte er jede Nacht, bei jedem Wetter und jeden Tag eines jeden verdammten Jahres!

Vor einigen Tagen jedoch war ihm bei anbrechender Dunkelheit ein Fahrzeug aufgefallen, das von der Umgehungsstraße abbog und in Richtung Tennisplatz fuhr.
Kurz darauf hörte Fiete einen Schuß.
Ein Jäger also. Das war an sich nichts besonders und auch nicht, als dieser Jäger dann im Lichtschein einer Taschenlampe sein erlegtes Wild suchte.
Fiete wollte schon weiterfahren, als er aus ungefähr dreihundert Meter Entfernung im letzten Licht des Tages plötzlich feststellte, daß der Waidmann wie vom Erdboden verschwunden war.
Er beschloss nachzusehen und näherte sich der Stelle beim Tennisplatz.
Ein Hund knurrte kurz, kam aber dann schwanzwedelnd zu Fiete gelaufen, als er ihn erkannte. Von dem Mann bekam er doch immer Leckerli.
Der alte Fischer hatte jedoch auch den Hund erkannt. Das war Bosco, Dr. Schmidts Hund!
Und dann war Fiete eben noch zurecht gekommen, um zu sehen wie der in einer Grube kauernde Arzt eine Dose vom Boden aufhob und sie mit seinem Jagdmesser öffnete.
Es regnete Goldmünzen!
Dr. Schmidt hatte dann etliche dieser Dosen in seinem Rucksack verstaut, mußte aber mehrmals gehen, um die schwere Last zu seinem Auto zu tragen.
Fiete war die ganze Zeit über unsichtbar geblieben und

sah, als der Arzt abgefahren war, selbst nach, was sich dort unten befand.
So hatte auch er das Grab entdeckt und das versetzte ihm einen gehörigen Schrecken.
Schließlich schwang er sich wieder auf sein Rad und fuhr zum Haus des Arztes.
Er wollte wissen, was der dort tat.
Gegen fünf Uhr in der Früh schleppte Schmidt seine Beute aus dem Haus in die Garage und wurde von Fiete dabei beobachtet.
Nach zwei weiteren Stunden verließ der Arzt das Grundstück und fuhr mit seinem Jaguar davon.
Das war die Gelegenheit für Fiete in die Garage einzubrechen. Dort entdeckte er nach einigem Suchen die nicht besonders gut versteckte Blechkiste und kriegte nach deren Öffnung vor Staunen den Mund nicht mehr zu.
Da drinnen lagen Massen von Goldmünzen.
Am Fahrrad des Fischers waren Packtaschen befestigt, in denen er die schwere Last abtransportieren konnte.
Aber das funktionierte nur, wenn er das Fahrrad schob.
Links und rechts hatte Fiete darüberhinaus Jutebeutel an den Lenker gehängt. Noch dazu befüllte er auch noch den Rucksack von Dr. Schmidt zu einem Viertel mit Münzen und schnallte ihn sich auf den Buckel.
Fiete hatte Mühe mit seinem Rad Kurs zu halten. Es war insgesamt ein unglaubliches Gewicht, das er zu transportieren hatte und als er zu Hause ankam, war er total erledigt.

„Und später hast du hier und da ein paar Münzen verteilt", stellte Schrader fest.
„Ein moderner Robin Hood also".
Dafür erntete er einen vernichtenden Blick von Helene.
So kannte er sie gar nicht!
Dietrich war verwundert: Warum hast du sie nicht selbst behalten oder verkauft?
Du hättest dein Haus reparieren oder bis ans Ende deiner Tage ein richtig gutes Leben haben können".
Der alte Fischer schüttelte nur traurig mit dem Kopf und murmelte etwas, daß wie „wiedergutmachen" klang.
„Wo ist denn das Zeug jetzt", stellte Schrader schließlich die entscheidende Frage.
Der Mann erhob sich mühsam von seinem Sofa, wobei er Helenes Hand aber wie zur Sicherheit fest umklammert hielt.
Er führte die Besucher in sein Badezimmer, besser gesagt in sein ehemaliges Badezimmer, denn von einer hygienischen Umgebung konnte man hier beim besten Willen nicht mehr sprechen.
„Ach du Scheiße", flüsterte Dietrich schockiert, als er den verspakten Raum betrat.
„So kann man doch nicht leben".
Helene war ebenfalls eingetreten und meinte: „Ihr hättet euch vielleicht mal um ihn kümmern müssen".
Der Feuerwehrmann nickte beschämt. „Hast verdammt Recht, das hätten wir tun müssen"!
In der Badewanne, über der fast alle ehemals hellblauen

Fliesen aus der Wand gebrochen und heruntergefallen waren, lagen klatschnasse Hemden auf einem Haufen und rochen muffig.
Das war wohl so eine Art Waschstelle. Hier hatte Fiete seine Wäsche mit heißem Wasser, das er vorher auf dem Küchenherd erwärmt hatte, notdürftig gereinigt. Denn die eigentliche Waschmaschine, ein uralter Toplader der an der Wand unter dem einzigen, jetzt vollkommen blinden Fenster des Raumes stand, hatte bereits vor langer Zeit den Geist aufgegeben und diente nur noch als Endablage für Krimskrams wie alte Kämme, eine bestoßene Emailleschüssel und eine leere Aufbewahrungsdose für ein künstliches Gebiss.
Auf dem gefliesten Boden hatte Fiete Unmengen von vormals rosafarbenen Duschvorlegern und Mengen von alten zerschlissenen Handtüchern auslegt und quer durch das Bad war eine grüne Gummiwäscheleine gespannt, an der Socken und Unterwäsche zum Trocknen mit Holzklammern befestigt waren.
Über den Anblick der Toilette breitete man besser den Mantel des Schweigens!
Eine Ecke des Badezimmers nahm eine große, ehemals weiß lackierte Kommode ein, auf der noch etwas anderes stand, über das ein großes Bettlaken gebreitet war.
Schrader warf Helene einen bedeutsamen Blick zu.
Die nickte stumm.
Fiete schlurfte in seinen ausgelatschen Puschen zu der Kommode und zog mit einem ungewöhnlichen

Schwung, ähnlich einem Torero, der eben dem anrennenden Stier mit eleganter Drehung aus dem Weg gegangen war, das alte Laken beiseite.
Niemand brachte ein Wort heraus.
Da war es!
Eine Kiste voller Goldmünzen!
Besser gesagt – eine halbvolle Kiste.
Alles alte deutsche zwanzig Goldmarkstücke und davon eine ganze Menge.
„Puh“, war Dietrichs einziger Kommentar.
„So toll sieht das nun auch wieder nicht aus“! dachte Schrader und baggerte mit der Hand durch die losen Münzen daß es klimperte.
Er hatte sich wohl eher einen Berg aus Gold vorgestellt.
Wieviele das sein mochten und welchen Wert sie darstellten?
Was Schrader aber insgeheim freute: der muntere Sven bei der KTU hatte mal Unrecht gehabt, denn ausländische Devisen in Goldform waren nicht vorhanden.
Die Deutsche Reichsbank hatte vor hundert Jahren vermutlich nur ihren eigenen Zahlungsmitteln vertraut.
Helene war die ganze Zeit über ruhig geblieben und kümmerte sich lieber fürsorglich weiter um den alten Mann.
Sie interessierte der ganze Goldrummel dem Anschein nach nicht.
„Und was machen wir jetzt“? fragte der Feuerwehrmann nach einer Weile.

Schrader überlegte.
„Du hast doch noch diese kleinen, leeren Sandsäckchen im Auto. Die aus Jute, die man bei der Deichverteidigung benutzt, um Sickerstellen abzudichten. Sie müßte man doch gut für den Transport des Goldes gebrauchen können", schlug er vor.
Der Brandmeister brachte nach kurzer Zeit einen Packen dieser Säckchen in das Badezimmer und sie füllten die Münzen, immer soviel, daß es nicht zu schwer wurde, in die Säckchen ein und banden sie oben mit einer Kordel zu.
„Zählen können wir später", meinte Schrader. „Jetzt muß das Zeug erst einmal schnellstens aus dem Haus. Am besten, wir bringen es in die Feuerwache und schließen es dort sicher weg.
Dann werde ich das Gold den Behörden übergeben – müssen", fügte er hinzu.
Dietrich und Schrader verstauten die schweren Beutel im Feuerwehrwagen, während Helene noch mit Fiete sprach.
Schließlich setzte sich der ex-Kommissar zu Dietrich ins Auto – zwei Aufpasser waren besser als einer – und sie verabredeten, sich mit Helene, die in ihrem Toyota hinterherfahren sollte, bei der Feuerwache zu treffen.
Was Schrader partout nicht aus dem Kopf gehen wollte: Woher hatte eigentlich Freddy der Klomann als einziger der Beschenkten ausgerechnet eine russische Goldmünze aus dem Zarenreich?

Vielleicht war sie in grauer Vorzeit aus Versehen in eine der Dosen hineingeraten.
Eine andere, schlüssigere Erklärung gab es augenblicklich nicht.
Er zuckte mit den Schultern – das war jetzt auch egal.
Nachdem sie ihre besondere Fracht ungesehen im Keller der Wache verstaut hatten, rief Schrader die Polizeidirektion Wilhelmshaven-Jever an, danach die Oberfinanzdirektion, stellte sich vor und setzte die verblüfften Herrschaften von dem Gold und den „relativ" genauen, vorausgegangenen Umständen in Kenntnis. Wobei er allerdings die wahre Rolle Fietes verschwieg und den Fund als reinen Zufallsfund eines alten, leicht debilen Mannes abtat, der selbstverständlich sofort die Behörden, in diesem Falle die Feuerwehr, alarmiert hatte.
Das war zwar wackelig konstruiert, aber besser ging es eben nicht.
Wer zuvor die Goldmünzen im ganzen Ort verschenkt hatte, blieb offen.
Schrader wußte gar nicht, daß er so gut lügen konnte. Er wunderte sich über sich selbst.
Und was Boris und seine Genossen betraf, hatte Schrader Dr. Schmidt zu einer mehr oder minder freiwilligen, umfassenden Aussage bei der Kripo bewegen können.
Denn dessen gierige Grabräuberei konnte und wollte er nicht einfach unter den Tisch fallen lassen.

Damit sollten sich dann die zuständigen Gerichte beschäftigen.
Die beiden toten Marinesoldaten vom Tennisplatz interessierten zu seinem Erstaunen niemanden.
Ebenfalls nicht, daß sie einst hinterrücks von ihrem eigenen Kameraden ermordet worden waren.
Das war viel zu lange her und nicht von öffentlichem Interesse.
Und Schrader hatte immer gedacht, daß Mord nie verjähren würde.
Natürlich konnte er den Behörden auch schlecht seine persönlich beschafften Ermittlungsergebnisse offenbaren.
„Pensionierter Oberkommissar unterdrückt Beweismittel, beschafft sich aus Behörden illegal Informationen, teilweise mittels Datendiebstahls von Dritten und beeinflußt Zeugen".
Zusätzlich Amtsmißbrauch mindestens aber Amtsanmaßung.
Summa summarum glasklare Straftatbestände mit Knastgarantie!
Was wäre das für eine spektakuläre Schlagzeile in einer der bunten Zeitungen gewesen!
In diesem Zusammenhang hatte sich Schrader schon seit einiger Zeit gewundert, daß Helene und auch noch als ehemalige Richterin, nichts an seinen riskanten Methoden auszusetzen fand.
Unterm Strich aber hatte der pensionierte Oberkom-

missar tatsächlich zwei, wenn auch zusammenhängende Fälle innerhalb nur weniger Tage gelöst!
Eigentlich waren es ja auch drei.
Erstens der uralte Doppelmord an den beiden Marinesoldaten, zweitens der Grabraub des Doppeldoktros und drittens Fietes folgender Golddiebstahl.
Selbstverständlich war das nicht ohne die datentechnische Unterstützung des flotten Sven und der KTU, besonders aber nicht ohne die Hilfe der handfesten Jungs aus Hooksiel und seines Freundes Dietrich möglich gewesen.
Und natürlich Helene nicht zu vergessen.
Und auch nicht die Wikinger!

Im Ort wimmelte es im Handumdrehen nur so von Zollbeamten und Polizei.
Dietrich als kommunaler Amtsträger und Schrader als einfacher Zeuge übergaben das Gold gegen Quittung den Finanzbehörden, wobei ihn ein mißtrauischer Zolloberrat zur Seite nahm und bemerkte, Schrader sei sich sicherlich im Klaren, daß er selbst als Pensionär immer noch unter das Beamtenrecht fallen würde und jederzeit, - er wiederholte gedehnt das Wort „jederzeit" - sofern er sich in irgendeiner Weise strafbar machen würde, zum Beispiel und nur mal „spasseshalber" angenommen, im Falle einer sagen wir Unterschlagung, seiner Ruhestandsbezüge verlustig gehen würde.
Helene, die in der Nähe gewartet hatte, konnte darauf-

hin gerade eben noch verhindern, daß Schrader wegen schwerer Körperverletzung an einem höheren Zollbeamten seiner Ruhestandsbezüge verlustig ging.
„Was für ein ungeheures Arschloch“, schnaufte Schrader wütend, als Helene ihn am Arm mit sanfter Gewalt wegzog.
„Als wenn ich ein Dieb wäre“!

Freddy der Klomann hatte sein Goldstück wieder abgeben müssen, zu ihrem großen Bedauern auch Frau Strotjohann und der Küster, ja sogar die kleine Sabrina Kellerhaus wurde eingehend befragt, ob sie noch mehr von den hübschen, wertlosen Münzchen besitzen würde.
Jedoch, das schlaue Kind verneinte diese doofe und leicht zu durchschauende Erwachsenenfrage eines Zollbeamten und fing wieder aus dem Stand an zu heulen!
Der Beamte zog sich umgehend den geballten Zorn aller Mütter zu, suchte schnellsten das Weite und der Tränenstrom Sabrinas versiegte sofort.
Dieses kleine Luder!
Zuerst war noch eine höhere Charge aus dem Niedersächsischen Finanzministerium in Hannover erschienen um formal die Ansprüche des Landes geltend zu machen.
Dieser Herr wurde aber ratz-fatz von einem Parteifreund, einem noch schneller mit Hubschrauber angereisten Regierungsdirektor aus dem Bundesministerium

der Finanzen in Berlin abgefertigt.
Motto: Bundesrecht schlägt Landesrecht und schließlich sei die Rechtslage sowieso klar – die Bundesrepublik Deutschland ist Rechtsnachfolger des Deutschen Reiches, ergo somit glasklarer Eigentümer des Goldes. Punkt, aus und gute Heimfahrt Herr Kollege an die schöne Leine.
Fast hätte es auch noch einen Eklat gegeben, nämlich als der hohe Herr aus dem Hauptstädtischen Finanzministerium mit seinem Hubschrauber direkt auf dem gebührenpflichtigen und mit Parkautomaten versehenen Gemeindeparkplatz neben dem Deich landen ließ und dann kein Ticket gezogen hatte.
Der diensthabende Parkplatzwächter eilte herbei und verlangte daraufhin natürlich umgehend Parkgebühren, die er anhand einer Tabelle für große Wohnmobile ausrechnete.
Der Beamte aus Berlin weigerte sich, mit dem schlichten Hinweis auf hoheitliche Aufgaben zu berappen und überhaupt, wäre das ein Parkplatz für Kraftfahrzeuge und daher müßten Hubschrauber sowieso nichts bezahlen.
Da war er aber bei einem friesischen Parkplatzwächter an der falschen Adresse!
„Ok“, sagte der, wenn das so sei, dann werde er jetzt eben den ADAC Abschleppdienst und einen großen Kran holen und das für diesen Parkraum nicht zulässige Fluggefährt abtransportieren lassen.

Das wäre ja eine Ungeheuerlichkeit von solch einem tumben friesischen Hinterwäldler, regte sich der Herr auf.
Bei ihnen in Berlin…. .
Weiter kam er nicht, denn der tumbe Hinterwäldler wählte eben auf seinem mobilen Telefon die Nummer des Abschleppdienstes.
Die hatte er als professionelle Parkplatzaufsicht selbstredend im Kopf.
Schließlich beendete der genervte Co-Pilot der Bundespolizei den Streit und drückte dem Wächter die geforderte Summe in bar in die Hand.

Insgesamt hatten die Zollbeamten Goldmünzen im Werte von über einer Million Euro sichergestellt, eigentlich Peanuts für ihren Herrn und Meister in Berlin, aber dessen „schwarze Null" wollte eben stetig schwarz bleiben.
Vor ihrer Abreise klärten die Zollfritzen dann noch die gesamte Bürgerschaft des Ortes in Form einer Wurfsendung darüber auf, daß es eine Straftat nach Paragraph soundso Strafgesetzbuch sei, Eigentum des Staates diesem vorzuenthalten.
Dann waren plötzlich alle wieder so schnell wie sie gekommen waren verschwunden.
Hier war für sie auch nichts mehr zu holen.

Im Ort war es ruhig geworden, der Goldrausch vorbei.

Die ganz normalen Urlauber bevölkerten wieder die Straßen, saßen Kaffee trinkend unter den Sonnenschirmen und kauften wie eh und je Ansichtskarten, Muscheln und Leuchttürme.
Schrader hatte beim Seeligmachermaat in Wüppels dafür gesorgt, das die sterblichen Überreste der beiden Marinesoldaten ihre letzte Reise angetreten hatten und würdevoll auf dem kleinen Friedhof unter die Erde gekommen waren.
Beim Steinmetz hatte er einen Stein aus Granit bestellt, in den dieser ein Kreuz, ein Herz und einen Anker gemeißelt hatte. Glaube – Liebe – Hoffnung.
Mehr konnte Schrader nicht mehr für die beiden tun.

Der stellvertretende Bürgermeister hatte offiziell beim Ministerium in Berlin angefragt, ob es vielleicht eine klitzekleine Belohnung für die Wiederbeschaffung des Goldes geben würde.
Schließlich sei diese ja von einem kommunalen Feuerwehrmann im Dienst durchgeführt worden.
Selbstredend war der Ortsvorsteher umgehend von einem Hauptstädtischen Ministerialdirigenten elegant abgebügelt und abschlägig beschieden worden.
Das Gold sei ja gar kein Fundstück, sondern stamme aus einem Raub, also einer Straftat. Auch wenn die schon sehr lange zurückliegen würde.
Und so viel sei es nun auch nicht gewesen!
Im Gegenteil, man prüfe in der Rechtsabteilung noch

diese ungeheuerliche Angelegenheit mit der Parkgebühr für den Hubschrauber von unglaublichen 256,80 Euro. Das erfülle ja wohl beinahe den Tatbestand der Nötigung und so ginge das nicht und die Gemeinde müsse sich da bestimmt noch auf etwas gefasst machen.
Außer man könne sich da einigen und es würden alle eventuellen Ansprüche seitens Dritter fallengelassen.
Das wäre dann ja auch mehr als gerecht.
Das müßte doch ein Bürgermeister eines so kleinen Dorfes einsehen. In der Hauptstadt hätten sie weiß Gott andere Probleme!
Ansonsten stünde der Gemeinde selbstverständlich in einem Rechtsstaat noch der Klageweg offen.
Nötigenfalls bis zum Bundesverwaltungsgericht.
Aber das könne erfahrungsgemäß lange dauern.
Sehr lange!

Die Blaue Stunde neigte sich dem Ende zu, in der Ferne blökten ein paar Schafe und die Schwalben schwirrten wie immer mit wilden Flugmanövern auf der Jagd nach Insekten umher.
Schrader, Helene und Dietrich standen nebeneinander auf der Pier am Alten Hafen und schauten über das Wasser hinweg zur anderen Seite hinüber.
„Schön hier“, sagte Schrader.
„Hmm“, antwortete der Ortsbrandmeister nach einer Weile.
Helene nickte zustimmend.

„Wirklich schade, die ganze Kohle hätte man hier gut für einen hübschen Museumshafen so mit alten Kuttern und Segelschiffen gebrauchen können. Wäre sicher ein Highlight für den Ort geworden“, meinte Schrader.
Eine Zeitlang sagte niemand mehr etwas.
„Oder für die Renovierung des Kindergartens und des Altenheimes“, fügte Helene hinzu.
Und etwas später: „Und für den alten Fiete einen betreuten Wohnplatz zu suchen“.
„Da hast du Recht“, pflichtete ihr Schrader bei.
„Neues Feuerwehreinsatzfahrzeug wäre auch schön gewesen“!
„Hmmm“, brummelte Dietrich.
„Ja schade“, meinte Schrader erneut.
Alle drei starrten weiterhin auf die andere Seite.
Dann, sehr langsam wendete Schrader seinen Kopf nach rechts zu seinem Kumpel.
„Du hast doch nicht etwa…“?
Der Brandmeister runzelte die Stirn und starrte dabei immer noch stur noch über das Wasser.
„Also wirklich“! antwortete er leicht empört.
Helene schwieg.
Schrader wendete seinen Kopf nach links zu ihr hinüber.
Sie schaute ihm ganz offen ins Gesicht und lächelte ihn dabei in ihrer unvergleichlichen Art an.
Die Erkenntnis traf Schrader mit der Wucht eines Vorschlaghammers.

„Allmächtiger"! sagte er und konnte nur noch fassungslos mit dem Kopf schütteln.
„Wirklich nur die großen Münzen", flüsterte Helene unschuldig.
Die drei blieben lange stehen und genossen den Augenblick. Schrader nickte schließlich.
„Na dann…..".

E N D E

Glossar

Erklärung Seemännischer und Norddeutscher Fachausdrücke:

A

Aufkommen: Seemännischer Ausdruck für – nähern, herankommen.

Aufkommer: Schiff, das sich einem anderen Schiff von achtern also hinten nähert.

B

Brassfahrt: Schnelle Fahrt mit stetigem Wind ohne daß man großartig an den Segeln herumfummeln muß.

Bulker: Schiff, großer Schüttguttransporter für lose Ladungen wie Erz, Getreide, Sand und ähnliches.

Binnen und Buten: Drinnen und draußen.

D

Deichscharte/Deichdurchlass: Ausgemauerte Lücke im Deich, die mit dicken Holzbohlen im Falle von drohendem Hochwasser geblockt d.h. verschlossen werden kann.

Dampfer: Dampfbetriebenes Schiff. Seltsamerweise nennen auch Segler ihr Boot Dampfer. Wirkt vielleicht dadurch größer.

E

Eyephone: vollkommen überflüssiges elektronisches Gerät

Siehe auch Smartphone

F

Friesen: ursprünglich wilder, unbeugsamer Volksstamm, der in grauer Vorzeit die ganze Nordseeküste besiedelte. Das Gros der Friesen wanderte nach Westen bis zur Ems, nannte sich daher ab diesem Zeitpunkt logischerweise Ost-Friese und siedelte dort im nassen, ungesunden Moor dessen braunes Wasser für Menschen ungenießbar und erst mit Hilfe von teuer importierten Teeblättern als Heißgetränk zu gebrauchen war (Erfindung der Ost-Friesischen Teekultur).

Die pfiffigeren Friesen jedoch hatten keine Lust auf nassen Torf und Rheuma, bogen deshalb nach rechts ab und ließen sich ungefähr zwischen Varel und Hooksiel nieder. Dort bauten sie ihre Häuser auf vor Sturmfluten Sicherheit bietende, mit Hand aufgeschüttete kleine Hügelchen, die Warften genannt werden. Auch sahen sie gar nicht ein teure Teeblätter zu importieren und tranken, weil im Jeverland das Wasser richtig gut war, lieber direkt ihr eigenes, sauberes Bier und dazu reinen Doppelkorn.

Früher bestand der Broterwerb der Friesen aus Fischfang, Ackerbau,Viehzucht und allen ihnen sich bietenden guten Gelegenheiten wie die Strandung von

Handelsschiffen oder alleine umherreisenden Bremer Kaufleuten.
An der Spitze der Friesenstämme standen Anführer, die sie jahrhundertelang Häuptlinge nannten. In der Neuzeit ist die korrekte Amtsbezeichnung zum Beispiel im Wangerland Bürgermeister mit Amtssitz in Hohenkirchen.
Und da es äußerst unwahrscheinlich ist, daß jemals ein mit wertvollen Waren beladenes Containerschiff ausgerechnet vor Hooksiel auflaufen könnte, sind die Ureinwohner zwischenzeitlich dazu übergegangen, sich der Tourismusbranche zuzuwenden und lieber Ferienwohnungen zu vermieten und Matjesbrötchen zu verkaufen.

Vergleiche Nordfriesen: Beim großen Run auf die Küste hatten sich einige der Ur-Friesen schlicht verlaufen und waren ungefähr an der Stelle, wo heute Bremen liegt, falsch abgebogen und immer weiter nach Norden gezogen. So entstand zum Beispiel auf Sylt die „Sansibar".

Fock: Vorsegel

Flögel: Auf der Mastspitze eines Segelfahrzeuges angebrachtes, sich frei drehendes Fähnchen oder kleiner Windsack. Zeigt dem Skipper die vorherrschende Windrichtung, den wahren Wind an.

Fender: dicke, aufgepumpte Gummibälle oder zylindrische Körper, die eine Reibung zwischen Schiff und Pier oder zwischen zwei aneinander festgemachten Schiffen verhindert. Man kann auch alte Autoreifen benutzen, das ist aber bei Besitzern weißer Yachten nicht so gerne gesehen.

G

Granat: friesischer und korrekter Begriff für sauteure, winzige Schalentiere, die fälschlicherweise von Touristen Krabben genannt werden. Muß man am Kutterhafen selber puhlen, dann sind sie wirklich frisch, oder man kauft die in Nordafrika gepuhlten z.B. bei Aldi.

GFK: Glasfaser mit Leim – aus solch einem seltsamen Material werden auch Boote gebaut!

H

Holschen: Plattdeutsche Bezeichnung für ungewöhnliches Wasserfahrzeug.

Hecksee: Welle, die von einem fahrenden Schiff hinter seinem Heck gebildet wird. Je schneller das Schiff fährt, desto größer und stärker ist die See hinter ihm.

I

Inselhopper: Bezeichnung der früheren Landungsbootfahrer der Bundesmarine auf ihren kleinen LCM (Landing Craft Mechnized) in den sechziger und siebziger Jahren. Waren auf Borkum stationiert.

K

Kollisionskurs: Kurs eines Schiffes, der wenn immer stur so weitergefahren wird, nach einer Weile zum Zusammenstoß mit einem anderen Fahrzeug führen muß.

L

Lütt und Lütt: Schnelles Getränkeensemble für eilige Gäste. Winziges Bier und kleiner Köm

Laschen: Mit Leinen oder Gurten etwas befestigen, zurren, also seefest machen.

Logge, loggen: Gerät zum Messen der Geschwindigkeit, die ein Schiff durch das Wasser macht. Früher eine Art Messuhr mit langem Tau, an dessen Ende ein Propeller befestigt war, der durchs Wasser gezogen wurde. In ganz alten Tagen warf man einfach am Bug ein Stück Holz (ein Log, daher der Name) ins Wasser und stoppte die Zeit die das Schiff brauchte, um an ihm vorbei zu fahren.
Heute läuft das natürlich elektronisch.

Logis (franz.): (ausgesprochen: Loschii wie Theaterloge) – Kleiner Wohnraum in einem Boot oder Schiff – des Seemanns Heim!

M

Matjes: Geschlechtsreifer Hering der in Salzlake eingelegt wird um zu reifen und zart zu werden. Früher Armeleuteessen und Grundnahrungsmittel, heute besonders bei Touristen beliebt und deutlich teurer geworden.

Matjesbrötchen: Pappiges, häufig weiches (!) Brötchen mit Matjes (siehe oben) und reichlich rohen Zwiebeln. NICHT essen, wenn man abends noch etwas vorhat!

P

Peterwagen: Peter - Funkrufname der Polizeistreifenwagen in Hamburg

Plicht: Bei Segelyachten achtern, also hinter dem Decksaufbau offen gelegener, wannenartiger, bei Regen immer nasser Bereich. Von dort aus steuert der Skipper das Boot mit Pinne oder Rad und bedient den Gashebel der Maschine. Dort befinden sich weitere, nautisch wichtige Apparate. Man kann sich in der Plicht auch gemütlich, beispielsweise zum Bier trinken auf die links und rechts eingebauten Bänke setzen.
Wichtig: Verfügt das Boot über eine selbstlenzende Plicht – sollte also Regenwasser oder mal ein Brecher ins Boot geschlagen sein, läuft es von selbst ab und alles ist in Ordnung.
Wenn nicht – dann klar zum Wasserausschöpfen mit

allem was man zur Verfügung hat! Und zwar schnell und ausdauernd, ansonsten siehe Schiffsuntergang!

Pricke: sieht aus wie ein sehr langer, umgedrehter Reisigbesen und ist eigentlich auch einer. Bezeichnet im Watt und in den Prielen anstatt von teueren Bojen und Tonnen die Fahrrinne.
Es gibt Backbord und Steuerbordpricken.

Puschen: Bequeme Schlappen, Hausschuhe.

Peilen: Etwas anvisieren, beobachten, messen, auch kapieren.

Plünnen: Sachen, Kram, Bekleidung

Pullen: Rudern

R

Reesen, gereest: Ausdruck aus der Seefahrt für reden, sich unterhalten,miteinander quatschen

Reinschiff, machen: Bei Seeleuten äußerst unbeliebte Arbeit.

S

Smartphone: siehe Eyephone, ebenfalls vollkommen überflüssig.

Seeligmachermaat: im Marinejargon Pastor oder Pfarrer

Schlafdeich: Alter, etwas niedriger Deich in zweiter Linie hinter einem neuen, höheren Deich. Wichtig! Bildet bei Sturmflut die zweite (und letzte) Deichverteidigungslinie.

Schiffsuntergang: siehe nicht-selbstlenzende Plicht

Schlagpütz: Blecherner Eimer an einer ca. 3 Meter langen Leine, den man vor Bord aus mit einem besonderen „Schlag" = Schwung ins Wasser wirft und dann voll wieder hochzieht.
(Das will geübt sein – besonders bei einem fahrenden Schiff!)

Sich verholen: Ein Schiff verholt man indem man es an einen anderen Platz bringt/fährt/schleppt.
Sich selbst verholen ist aus der Seemannssprache entlehnt und bedeutet das Gleiche z.B. „Ich verhole mich jetzt an die Bar".

T

Tätowierung-Tatoo: Früher bei Seeleuten beliebt und oftmals Ausdruck der Weitgereistheit oder der eigenen Sehnsucht. Daher: Name (n) der Liebsten, Abbild des Schiffes oder Glaube Liebe Hoffnung (Kreuz-Herz-Anker)
Hat heute fast jeder und so gut wie nichts mehr mit Seefahrt zu tun.

U

Udel: schöne, alte Hamburger Bezeichnung für den an der Ecke stehenden Polizisten mit den wachsamen Augen.

W

W-LAN, kostenlos: Super Einfall der Industrie und NSA ohne Aufwand wichtige persönliche Daten hinter dem Rücken der Nutzer abzugreifen.

X,Y,Z

Diese Buchstaben kommen hier im Sprachgebrauch nirgends vor.